착하다는 말 내게 하지 마

착하다는 말 내게 하지 마

2024년 8월 20일 초판 1쇄 발행
2024년 9월 12일 초판 2쇄 발행

지은이 | 김강
펴낸이 | 孫貞順

펴낸곳 | 도서출판 작가
　　　　(03756) 서울 서대문구 북아현로6길 50
　　　　전화 | 02)365-8111~2　팩스 | 02)365-8110
　　　　이메일 | cultura@cultura.co.kr
　　　　홈페이지 | www.cultura.co.kr
　　　　등록번호 | 제13-630호(2000. 2. 9.)

편집 | 손희 김치성 설재원
디자인 | 오경은 박근영
영업 | 박영민
관리 | 이용승

ISBN 979-11-90566-95-7　03810

잘못된 책은 구입하신 서점에서 바꾸어 드립니다.

값 16,000원

착하다는 말　내게 하지 마

김강 소설집

작가

차
례

용의자 A의 칼에 대한
참고인 K의 진술서

상상했던 것보다 훨씬 좋네요. 이렇게 쓰고 나니 지나온 모든 순간이 상상했던 것보다는 낫지 않았나 하는 생각이 듭니다. 겪어보니 다 견딜 수 있더라는 진실을 저 한 문장 속에 담아 놓은 듯해서 뿌듯함마저 듭니다. 그렇지 않습니까? 맹세코 저 속에 들어가지 않으리라 결심하며 갖은 이유를 대고 논리를 만들어내었지만, 결코 맞닥뜨리고 싶지 않노라 선언하며 말과 몸으로 싸움을 벌였지만, 결국 어느 순간 그 속에서 만난 평온함으로 스르르 눈을 감게 되는, 그러다 화들짝 자신의 평화에 놀라는, 그럼에도 다시 잠드는 그런 일이 제법 있지 않습니까?

제게는 지금이 그런 순간입니다. 차가운 공기와 어둠이 가득한 그런 방을 상상했거든요. 그런데 웬걸요. 큰 창 블라인드에 걸러진 빛이 은은하게 방을 채우고 적당한 온기는 제 볼을 타고 아래로 흐릅니다. 불안한 마음에 잠을 설친 저로서는 졸릴 수밖에 없겠습니다. 이럴 줄 알았으면 하루라도 일정을 당겨 볼 것을 그랬습니다. 쓸데없는 두려움에 괜한 걱정으로 차일피일 미룬 것을 후회합니다.

상상했던 것보다 훨씬 좋네요. 조금 졸리기는 하지만 가져다주신 커피 한 잔에 기대 정신을 차려야지요. 생각나는 대로, 쓰고 싶은 대로 쓰라 하셨지요?

참개구리였을 겁니다. 초록의 등이 기억납니다. 머리부터 등까지 이어진 연두의 긴 줄도 떠오르고. 껍질을 벗긴 오이를 쥔 것 같은, 미끄럽지만 끈적거리지는 않던 손아귀의 느낌도.
개구리 이야기를 하는 것은 두고 가신 펜 때문입니다. 어떻게 시작할까 고민하던 중에, 책상 위에 놓인 뭉툭한 펜, 펜 끝 스프링에 매달린 개구리 인형을 보았거든요. 흔들흔들, 글자 한 자를 쓸 때마다 방향 없이 흔들리는 개구리 인

형에 문득 옛 생각이 났습니다. 태어나 처음 제 손으로 개구리를 잡은 날이었습니다.

동네 형이 잡은 개구리의 등을 툭툭 치고 손가락 끝으로 선을 긋다 어느 순간 용기를 내었던 겁니다. 한번 잡아 봐도 돼요? 제 말에 동네 형은 개구리를 쥔 손아귀를 살짝 풀어 제 왼 손바닥에 개구리를 올려놓았습니다. 저는 두 손으로 개구리를 감쌌고 어설프게 마주 잡은 제 두 손 틈으로 개구리가 빠져나갔고 동네 형은 아쉬운 듯 아, 하는 짧은 감탄사를 내뱉었습니다. 하지만 곧 미소를 지으며 개구리를 쥐었던 그 손으로 제 머리를 헝클어뜨렸습니다. 개구리를 쫓아간 형이 개구리 앞을 막아서고는 저를 불렀습니다. 저는 살금살금 개구리 뒤로 다가가 두 손으로, 아마도 지금보다는 무척 작았을 앙증맞은 두 손을 모아 개구리 위를 덮었습니다. 개구리가 뛰어오르며 손바닥과 손가락에 부딪히는 것을 느꼈지만 이번에는 놀라지 않았습니다. 한 손으로 가만히 개구리를 감싸 쥐었지요. 조금 더 힘을 줘 잡은 뒤에 손을 들어 동네 형의 눈앞에 내밀었습니다. 개구리는 두 뒷다리를 뻗었다 당겼다 반복하다 이내 포기한 듯 가만히 있더군요. 동네 형은 고개를 끄덕였습니다.

동네 아이들, 개구리를 쥐어 본 적 없는 아이들이 제 주위를 둘러쌌습니다. 쥔 개구리를 어찌할지 몰라하던 저는 아이들 중 한 아이에게 손을 내밀었지요. 그 아이는 두 손을 내저으며 몸을 뒤로 뺐고, 옆에 서 있던 아이가 손바닥을 펴 덥석 개구리를 받았습니다. 그 와중에 개구리는 다시 도망을 갔고. 개구리가 도망가고 개구리를 쫓아가고.

　그 시절 동네 형들은 무척 자상했네요. 세상에 대한 거의 모든 것을 형들에게 배운 것 같은데 한 번도 혼이 나거나 욕을 먹었던 기억이 없으니 말입니다.

　누군가의 엄마가 아이를 불렀습니다. 저녁밥을 먹을 시간이었거든요. 동네 아이들은 개구리의 점액이 묻은 손바닥을 바지에 쓱쓱 문지르고는 뿌듯한 표정을 지으며 집으로 돌아갔습니다.

　징그러움. 사실 무엇 때문에 징그러워했는지 지금도 알 수 없지만, 아니 알고는 있는데 명확하게 설명할 수 없는 그런 이유로 개구리를 쥐지 못했던 시절이 막 지나간, 난생처음 개구리를 손으로 쥐었던 해였습니다.

　그러고 보니 보여 주신 사진 속의 아이도 개구리가 그려진 옷을 입고 있었네요. 개나리꽃 색-진노랑이라 하면 될

것이지만, 오늘은 개나리꽃 색이라 하고 싶습니다.- 트레이
닝 복을 갖춰 입은 아이는 바닥에 엎드려 있었고 등에 그려
진 초록 개구리의 얼굴과 앞다리에는 빨갛게 물이 들어있
었던 같습니다. 초록과 빨강, 보색 맞지요?

맨션 뒤쪽에 직사각형의 공터가 있었습니다. 여섯 개 라
인을 가진 맨션 두 동의 길이보다 길었고 공터를 낀 도로의
양 끝으로 전봇대가 서 있었으니 제법 넓었습니다. 비가 오
면 이곳저곳 웅덩이가 생기고, 웅덩이가 아니더라도 질척거
리는 진흙으로 가득한 공터였습니다. 곳곳에 연탄재들이 쌓
여있었습니다.

그곳은 동네 아이들의 놀이터였습니다. 학교를 다녀와서
그곳에 가면 꼭 누군가 있었습니다. 두세 명이서 어슬렁거
리는 것으로 시작해 아이들이 하나둘 모여들 때마다 놀이
의 종목을 바꾸고는 했지요. 그러다 형들이 오면 그날의 주
종목이 정해졌습니다. 공을 차거나 짬뽕-손 야구-을 하거
나 술래잡기, 자치기 등등. 날이 어두워질 즈음, 이곳저곳에
서 엄마들의 목소리가 들리면 열다섯 이상, 아마도 스무 명
은 족히 되었을 아이들이 서로의 눈치를 보다 발걸음을 옮
겼습니다. 우리의 놀이, 아쉬웠던 우리의 하루.

한동안 비가 오지 않아 웅덩이의 물이 마르고 연탄재가 바삭해진 어느 날이었습니다. 우리는 두 패로 나뉘어 한 편에서는 오징어게임을 한 편에서는 라면땅을 하고 있었습니다. 두 번쯤 술래 팀이 바뀌었을 때 형들이 왔고 우리는 하던 놀이를 멈췄습니다. 형들은 그전까지는 해보지 않았던 새로운 놀이를 하자고 했습니다. 우리가 선택할 수 있는 것이 아니기도 했지만 경험상 형들이 하자는 놀이는 항상 재미있었습니다.

우리는 편을 갈라 전쟁놀이를 했습니다. 공터의 중간 즈음에 선을 그어놓고 각기 자리를 잡은 뒤 상대편에게 연탄재를 던져 맞추는 놀이였습니다. 규칙은 단 두 개. 선을 넘지 않기, 연탄재가 아닌 다른 것은 던지지 않기.

넓은 공터였다고 말씀드렸지요. 우리가 던진 연탄재는 선을 넘기에도 빠듯했습니다. 아이들이 던지는 연탄재가 날아가 봐야 어디까지 가겠습니까? 큰 것을 던지면 멀리 날아가지 않았고 작은 것을 던지면 바람에 날려 엉뚱한 곳에 떨어지기 일쑤였습니다. 게다가 상대편의 연탄재에 맞지 않으려고 선에서 멀찍이 떨어진 곳에서 던지다 보니 헛힘만 쓰는 꼴이었지요. 한동안 그렇게 의미 없는 팔매질을 하다 자신들의, 상대편의 능력을 가늠한 우리는 점점 중간선에 가까이 다가갔습니다. 특히 형들은 중간선에 거의 붙어서 던지기 시작했고.

연탄재가 하나둘씩 상대편의 진영에 떨어지자 우리는 환호성을 질렀습니다. 형들은 어깨를 으쓱거렸지요. 새로운 놀이에 흥분한 우리의 목소리가 공터를 가득 채울 즈음 엄마들이 맨션 베란다에 서서 아이들을 불렀습니다.

그날따라 저의 어머니는 저를 부르지 않았습니다. 아이들이 돌아가고 형들과 저만 남은 겁니다. 이제는 무엇을 하고 놀자고 할지 저는 기대에 찬 눈으로 형들을 보았습니다. 이런 놀이 저런 놀이를 하자며 이야기하던 중 공터의 구석을 돌던 한 형이 개구리를 잡아왔습니다. 개구리를 잡아 멀리 뛰기 시합을 하자고 했지요. 그런데 다른 형들의 반응이 별로였습니다. 실망한 그 형이 잡은 개구리를 놓아주려 할 때 누군가 잠깐만, 이라고 했습니다. 1동의 대장 형이었습니다. 대장 형은 주머니에서 폭음탄을 꺼냈습니다. 딱콩, 폭음탄 이런 것들이 유행이던 시절이었거든요. 대장 형은 개구리를 땅바닥에 놓고 제게 도망가지 못하게 잡으라 했습니다. 그러고는 개구리의 입에 폭음탄을 물렸습니다. 폭음탄에 불을 붙였고 우리는 개구리를 두고 멀찍이 물러섰고.

펑! 폭음탄이 터졌습니다. 개구리는 공중으로 뛰어올라 -뛰어오른 것인지 뜬 것인지 정확하지 않습니다만- 서너 바퀴 공중제비를 한 뒤 땅으로 내려왔습니다. 여전히 눈을 뜨고 있고 네 발을 조금씩 움직이는 것으로 보아 죽은 것 같지는 않았지만, 꾸르륵 꾸르륵 소리를 내지는 못했습니다. 형들은 신기한 것, 재미난 것을 발견했다는 듯 계속해서 폭음탄을 개구리의 입에 물렸습니다. 개구리는 폭음탄이 터질 때마다 공중제비를 했습니다.

세 번째 공중제비를 하고 난 후 개구리가 네 번째 폭음탄을 입에 물었을 때 문제가 생겼습니다. 성냥이 다 떨어진 것입니다. 대장 형은 주위를 둘러보다 저를 보더니 집에 가서 성냥을 가지고 오라 했습니다. 우리 집은 1동 1층이었거든요. 제일 가까우니 네가 가지고 와라. 저는 대장 형이 제게 무엇을 시켰다는 것에 신이 났습니다. 집으로 달려가 육각의 성냥갑에서 한 움큼 성냥을 꺼내 바지 주머니 가득 담아 왔습니다. 폭음탄은 몇 개 남아 있지 않았는데도 말이지요.

마지막 폭음탄을 터뜨린 후 형들과 저는 집으로 돌아갔습니다. 신기한 것을 보았다는 생각이 들었지만 저녁을 먹는 동안 어머니나 아버지께 말하지는 않았습니다. 왠지 말하면 안될 것 같았거든요. 동생에게는 이야기를 해줬는데,

어린 탓인지 개구리처럼 눈만 껌뻑거렸습니다. 그날 저는 잠자리에 누워 잠이 들 때까지 개구리의 모습을 떠올렸습니다.

폭음탄을 물고 공중제비를 하던 개구리, 울지 못하던 개구리, 눈만 껌뻑거리던 개구리, 두고 온 개구리, 개구리를 둘러싸고 서 있던 형들, 그 속에 끼어 있던 저.

그 아이, 빨갛게 물든 개나리꽃 색 트레이닝 복을 입고 엎드려 있던 아이는 어땠을까요? 개구리처럼 소리 한 번 내보지 못했을까요? 개구리처럼 공중제비를 하지는 않았겠지요? 무엇인지 뒤돌아보지도 못한 채 앞으로 고꾸라졌겠지요? 뒤틀린 팔을 돌려 펼 틈도 없었나 봅니다. 사진을 찍기 전 아이의 얼굴을 조금 돌려놓았으면 좋았을 텐데요. 땅바닥에 코를 대고 엎드린 아이가 얼마나 숨이 막혔을까요?

이후로 연탄재 전쟁은 우리 동네의 인기 놀이가 되었습니다. 형들은 재미를 붙였고 우리는 형들을 따랐고.

이순신 장군 때문이었을까요? 아니면 계백 장군? 김유신 장군?

마을 아이들을 모아 편을 짜 전쟁놀이를 하며 병법을 익혔다거나, 전쟁에 나서기 전 결연히 가족들의 목숨을 거두었다는 이야기나, 뭐 그런 이야기들-젊은 소년 장수의 목숨으로 사기를 북돋웠다는 이야기도 있네요.-에 가슴이 두근거리던 어린 시절이었으니까요. 그 시절에는 거의 모든 이야기들이 그랬던 것 같습니다.

규칙도 정교해져 갔습니다. 좌우와 뒤쪽의 경계가 정해졌고 사용하는 연탄재에도 제한이 생겼습니다. 검은 부분이 반 이상 남아 있는 연탄재는 사용하지 않기로 했습니다. 다 타버린 연탄재보다 훨씬 단단해서 잘 부서지지 않고 맞으면 많이 아팠기 때문입니다. 미리 정한 연탄의 개수만 가지고 게임을 시작하고 양측의 합의가 있으면 연탄을 추가하기로 했습니다. 양측이 연탄을 모두 다 쓴 후 각 팀원의 겉옷에 묻은 연탄재의 흔적으로 승패를 정했습니다. 지금 생각해 보면 딴에는 합리적인 규칙이었습니다.

깊은 겨울로 들어가던 날이었습니다. 그날도 연탄재 전쟁을 했고 승패를 가른 후 서로 옷에 묻은 연탄재를 털어주고 있었습니다. 1동 대장 형이 다른 형들을 불러 모았습니다. 잠시 후 다음날 마지막 전쟁을 하겠다고 선언했습니다. 이번에는 1동과 2동으로 나누어서 대표 아홉 명씩만 출전한다고, 나머지는 응원을 하면 된다고 했습니다. 한 가지 더,

연탄재를 던지기 좋게 만들어 배급하는 배달부 한 명을 추가하는데 이 배달부는 연탄재로 맞추면 안 된다고, 만약 상대편 배달부가 맞았을 경우 그때마다 맞춘 팀의 점수 3점을 뺀다는 말을 덧붙였습니다. 연탄재 폭탄의 개수는 무제한.

저는 1동의 배달부가 되었습니다. 내가 보니까, 이 녀석이 잘하더라고. 1동 대장 형의 결정이었습니다. 딱딱하지도 너무 잘 부서지지도 않는 연탄재를 잘 고른다는, 동그랗게 적당한 크기와 무게로 잘 나눈다는 이유였습니다. 저는 무척 기뻤습니다. 대장 형으로부터 인정을 받은 것 아닙니까. 그날은 밤이 깊은 후에야 잠들 수 있었습니다.

다음날이 되었습니다. 저는 빨간 내의를 입고 옷장에서 누비바지를 꺼냈습니다. 어머니가 내주신 옷만 입던 저였는데 말입니다. 혹시나 연탄재가 날아와 맞게 되더라도 조금 덜 아파야겠다, 생각했거든요. 신발장을 뒤져 목장갑을 찾아 끼어보았지만 제 손에 비해 너무 컸습니다. 결국 옷장 서랍에서 벙어리 장갑을 꺼냈습니다. 맨손으로 연탄재 폭탄을 만들다 보면 아무래도 같은 시간에 더 많이 만들지는 못할 것 같았습니다. 장갑에 연탄재가 묻으면 어머니께 혼이 날 것이 뻔했지만 잠깐, 아주 잠깐 고민을 했을 뿐 선택의 여지가 없었습니다. 제가 맡은 일을 잘 해내고 싶었거든요. 베란다 창고에서 찾아낸 세숫대야를 들고, 롯데 자이언츠 어린이 야구단 헬멧을 쓴 채 공터로 나갔습니다.

형들이 나와 몸을 풀고 있었습니다. 평소와는 다른 긴장감에, 저는 왔다는 인사도 못 하고 연탄재 더미 옆에 서 있었습니다. 형들 모두 장갑을 끼고 있었지만 모자를 쓴다거나 옷을 겹쳐 입었다거나 한 형은 없었습니다. 오히려 춥지 않을까 싶은 가벼운 차림이었습니다.

저는 중간선을 넘어 2동 배달부를 찾아갔습니다. 옆 반 친구였거든요. 아주 친하지는 않았지만 같은 동네에 살고 등하교 때 자주 마주치고, 물론 같이 놀기도 했었으니 아주 먼 친구, 사이가 좋지 않은 친구는 아니었습니다. 저보다 큰 키와 큰 몸집을 가진, 생김이 둥글둥글한 친구였는데 지금 생각해보면 성격도 둥글둥글했던 것 같습니다. 저를 포함해서 주위의 애들과 다투는 것을 본 기억이 없습니다. 순둥이라고 할까요? 아무튼 친구이긴 한데, 요즘 말로 절친은 아닌 그런 친구였습니다.

그 아이, 개나리꽃 색 트레이닝복을 입고 엎드려 있던 그 아이도 참 순한 아이였습니다. 울거나 떼를 쓰는 모습을 본 적이 없습니다. 인사도 잘하고, 무엇보다도 항상 웃던 아이.

가게를 닫고 집으로 돌아가는 길에 가끔 마주칠 때마다 생글생글 웃으며 인사를 하던 아이였습니다. 그 아이가 그런 일을 당하다니. 아무리 생각해도 이유를 모르겠습니다.

A는 왜 그랬을까요?

A와 아이의 가족은 현관문을 맞대고 있는 이웃이었습니다. 둘 다 1층이었으니 층간 소음 따위의 문제도 없었을 것인데 말입니다. 물론 이것은 저의 추측일 뿐입니다. 3층에 사는 제가 1층의 일을 어찌 알겠습니까? 게다가 아침에 나가 저녁 늦게 들어오는 저로서는, 두 집 사이에 무슨 일이 있었다고 해도 알 수가 없지 않겠습니까? 하지만 무슨 일이 있었다 치더라도 어떻게 그런 끔찍한 일을 벌일 수 있는지, 저로서는 이해가 되지 않습니다. 이미 일어난 일은 이해의 대상이 아니지만 말입니다.

솔직하게 말하자면 그 친구보다 그 친구와 함께 하교하는 시간을 더 좋아했습니다. 그 친구의 아버지가 학교 앞에서 문방구를 했거든요. 그 시절 문방구에는 온갖 것들이 있었지 않습니까? 등교 시간에는 준비물을 사는 아이들로, 하교 시간에는 군것질을 하는 아이들로 북적거리던 시절이었지요. 넉넉하지 않은 용돈 탓에 저는 보통의 날에는 문방구를 무심히 지나쳤지만 학교를 마치고 돌아가는 길 운동장에서 그 친구를 만나는 날이면 반드시 문방구에 들렀습니다. 그 친구의 아버지가 뭐라도 하나 더 끼워주셨거든요. 다섯 줄에 백 원인가 하던, 연탄구멍에 넣어 구워 먹는 쫄쫄이를 특히 좋아했는데 친구의 아버지는 매번 두세 줄을 더 주셨습니다. 군것질을 하고 싶은 날, 왠지 쫄쫄이가 먹고 싶은 날이면 저는 운동장에 서서 주위를 살피며 그 친구를 찾기도 했습니다. 친구가 보이면 달려가 옆에 섰고, 보이지 않는 날이면 문방구 앞을 서성이다 집으로 돌아갔지요.

아무튼 2동 배달부인 그 친구는 특별히 준비해 온 것이 없더군요. 평소에 입던 바지 그대로, 헬멧이나 장갑도 보이지 않았습니다. 다만 한 가지, 대야가 있었습니다. 제가 준비한 것보다 훨씬 큰, 어머니가 김장을 담그실 때 쓰는 붉은 대야가 연탄재 더미 옆에 놓여 있었습니다. 심지어 대야 안에는 이미 만들어둔 연탄재 폭탄이 여러 개 보였습니다. 친구는 벌써 연탄재 전쟁을 준비 중이었던 겁니다. 이미 두 손바닥은 연탄재로 지저분했고.

아차, 했던 저는 친구와 짧은 인사를 나누고 재빨리 돌아와 연탄재 폭탄을 만들기 시작했습니다. 연탄재를 들어 바닥으로 내리치고, 부서진 연탄재 중에서 쥐기 좋을 만한 크기와 멀리 날아갈 만한 무게를 가진 녀석들을 골라 세숫대야에 담기 시작했습니다. 세숫대야가 작아서인지 금방 가득 찼습니다. 더 큰 것을 가져올걸. 후회를 했지만 다시 집으로 갈 수는 없었습니다. 곧 전쟁이 시작될 것 같았거든요. 세숫대야 옆에 쌓아두기로 했지요.

세숫대야 옆에 쌓아둔 연탄재 폭탄이 세숫대야를 두세 번 채울 정도 되었을 때 대장 형이 왔습니다. 대장 형도 헬멧을 쓰고 있었습니다. 저와 같은 롯데 자이언츠 어린이 야구단의 헬멧. 목장갑을 끼고 푸른 색 트레이닝 복을 입은 대장 형의 모습은 무척 늠름했습니다. 우리가 이기겠구나. 저는 그렇게 확신했습니다. 대장 형은 연탄재 폭탄을 쌓아둔 것을 보고 제 헬멧을 툭툭 쳤습니다. 수고했다, 잘하고 있다. 뭐 그런 뜻이었겠지요. 저는 조금은 우쭐해져서 더욱 열심히 연탄재 폭탄을 만들었습니다.

기선 제압이 중요하니까 초반에는 중간선 가까이 달려가서 전원 공격을 한다. 그러다 내가 신호를 하면 네 명씩 번갈아 가며 공격한다. 나머지는 뒤에서 준비하고 있다가 저쪽에서 중간으로 달려오는 것을 보아가며 앞으로 달려가 공격을 한다. 앞쪽으로 못 나오게 막는 거다. 꼭 맞출 필요 없다. 앞으로 나오지 못하게 겁만 줘도 된다. 맞추는 것은 나를 포함해서 너, 너, 이렇게 세 명이면 충분하다. 알겠지? 잘하자. 파이팅!

대장 형이 작전을 설명한 후 우리는 모두 파이팅을 외치고 각자의 자리를 잡고 섰습니다.

연탄재 전쟁이 시작되었습니다.

생각하고 판단하는 것은 누구나 비슷하지요. 그날도 그랬습니다. 대장 형의 작전은 무척이나 합리적이었지만 2동 대장도 같은 생각을 했었나 봅니다. 전쟁이 시작되자 양측의 선수들 모두 앞으로 달려 나왔습니다. 마주 달려 나오는 상대를 보고 양측 모두 멈칫했습니다. 엉망이 된 겁니다. 초반이라 한곳에 모이거나 뒤로 물러나 작전 회의를 할 수는 없었습니다. 모이면 연탄재 폭탄을 맞기 딱 좋게 되는 것이고, 물러나면 중간선 앞쪽을 빼앗겨 수세에 몰릴 것이 뻔했습니다. 결국 각 팀의 선수들은 중간선에서 조금 떨어진 곳에 자리를 잡았고 연탄재 폭탄을 던지기 시작했습니다.

지리한 공방전이 이어졌습니다. 응원을 하던 동네 아이들도 재미가 없었던지 삼삼오오 흩어지거나 다른 무슨 재미난 일 없는지 두리번거렸습니다.

하지만 저는 무척 바빴습니다. 성과 없이 서로 주고받기만 하는 공방 속 전선의 후방에서 연탄재를 깨고 모으고 배달하느라 정신이 없었습니다. 머리부터 흘러내린 땀방울 때문에 눈이 따가웠습니다. 게다가 비염으로 코가 막혀 숨을 쉬기 힘들었고요. 장갑을 낀 손으로 연신 눈가를 닦고 코를 풀어야 했습니다. 시커먼 재가 얼굴에 남아 땀과 함께 섞였고 바짝 마른 입술 사이로 쓴 땀방울, 잿가루가 들어와 퉤퉤 침을 뱉어냈습니다.

　그럼에도 선수들이, 아니 병사들이 폭탄을 던지는, 연탄재 폭탄의 재고가 소진되는 속도를 따라갈 수 없었습니다. 미리 준비해두었던 연탄재 폭탄은 금방 바닥이 났습니다. 배달된 폭탄이 줄어들자 병사들은 땅에 떨어진 조각들을 주워 던졌지만 가벼워서 멀리 날아가지 못했고 힘없이 떨어질 뿐이었습니다. 2동은 우리 1동보다는 조금 나은 형편-대야가 크고 재고를 많이 쌓아두었던- 덕분에 여전히 폭탄을 던져댔습니다. 1동 병사들은 조금씩 뒤로 물러났고 2동 병사들은 조금씩 전진을 했고. 결국 2동이 중간선 주변을 장악했습니다. 1동 병사들은 연탄재 더미 주위로 모여들었습니다. 전선의 제일 후방이었으니까요. 그리고 날아오는 연탄재 폭탄을 피해가며 병사들 각각이 폭탄을 만들었습니다.

대장 형은 저를 탓하지 않았습니다. 다만 작전이 무너진 것에 대해 화를 내었습니다. 화를 낼 대상이 있는 것도 아니었고 화를 낸다고 해결될 문제도 아니었지만 씩씩거리며 연탄재를 부쉈습니다. 폭탄을 만드는 것이 아니라 말 그대로 부수더군요. 한동안 그러더니 화가 조금은 가라앉았는지 병사들에게 새로운 작전을 내렸습니다.

　폭탄은 충분히 만들었지? 변칙적인 방법을 쓸 수밖에 없겠다. 너하고 너는 왼쪽으로 가장자리를 타고 너하고 너는 오른쪽 가장자리를 따라 올라가서 양쪽 사이드에서 공격을 해라. 방어하기 위해 녀석들이 너희들한테 신경을 쓰는 사이에 나하고 나머지가 중앙으로 진격하겠다.

　대장 형의 변칙작전은 효과가 있었습니다. 적들은 중간선에서 뒤로 물러났고 그 와중에 두 명이 폭탄에 맞았습니다. 쓰러질 만큼 강한 위력은 아니었지만 옷에 흔적이 남았고 모두가 보았으니까요. 아군도 한 명 폭탄에 맞기는 했지만 결과로 본다면 +1이었거든요. 지루해하던 동네 아이들도 하나둘 다시 모여 응원을 했습니다. 체계적이고 일사불란한 응원은 아니었지만 크게 울리는 목소리만으로도 우리 병사들은 힘을 얻었습니다. 적진의 구석구석, 폭탄을 피하느라 반격을 할 생각조차 못하게, 폭탄을 던져댔습니다. 2동의 입장에서는 일진 후에 온 일퇴의 시간이었습니다.

그러고 보니 A와 아이의 가족 사이에도 일진일퇴의 시간이 있었던 것 같습니다. 물론 제가 본 것은 아닙니다. 제 아내에게서 전해들은 이야기입니다. 지난해 초였던가요? 아이가 세발자전거를 처음 탔나 봅니다. 여전히 쌀쌀했을 텐데도 아이는 세발자전거를 타고 밖으로 나갔습니다. 빨갛게 달아오른 두 뺨이 꼭 홍옥 같았다 하더군요. 흘러내리는 콧물을 훔치느라 잠시 자전거를 세웠습니다. 하필이면 인도가 아니었고 주차장 주차 칸의 뒤쪽이었던 겁니다. A의 자동차가 후진 주차를 하러 들어오던 참이었습니다. 아이를 보지 못했나 봅니다. A는 주차 칸의 끝까지 차를 밀어 넣으려 했습니다. 잠시 한눈을 팔던 아이의 엄마가 놀라 달려왔습니다. 차를 두드려 댔고 그제야 A는 차를 멈추고 차에서 내린 A와 아이의 엄마가 언쟁을 했습니다. A의 목소리가 조금 더 컸고 결국 아이의 엄마가 고개를 숙여 사과했습니다. 인도가 아닌 차도에서 세발자전거를 타게 둔 것, 한눈을 판 것에 대해서였겠지요. A는 차가 흔들릴 정도로 세게 차문을 닫고 집으로 들어갔다고 합니다. 그 순한 아이가 울었다 들었습니다. 많이 놀랐겠지요. 겁도 먹었을 것이고. 조금 있다 아이의 아빠가 와 A의 집 초인종을 눌렀고 또 그렇게 한동안 동네가 시끄러웠다 하더군요. 여기까지는 A의 일진입니다.

그 일이 있은 후로 두 집은 심심찮게 신경전을 벌였다고 합니다. 동 현관 입구에 자전거 따위의 물건을 놓아두는 것에서부터 잘못 배달된 택배의 소재를 따지는 것, 현관 청소를 한 물이 서로에게 흘러들어오는 등등. 동 대표가 어떻게든 둘 문제를 해결해 보려고 했지만 쉽지 않았습니다. 주민들 사이에서도 의견이 분분했거든요. 나이가 조금이라도 많은 A가 그냥 넘어가도 될 것을 큰 문제로 만들었다는 사람들도 있었고, 아이의 부모가 조금 더 세심하게 신경을 썼어야 한다, 그러다가 큰 일이 났으면 어쩔 뻔했냐며 아이의 부모를 탓하는 사람들도 있었습니다.

특별한 해결 없이 지리한 일 년이 지난 올해 이른 봄이었습니다. A가 동 현관 옆 잔디밭-관리를 하지 않아 잡초밭이 되었지만.-에 텃밭-새로 지은 높고 비싼 아파트라면 있을 수 없는 일이겠지만 저희가 사는 낡은 옛 아파트에서는 드문 일은 아닙니다.-을 만들었습니다. 상추나 고추 따위를 심으려 했을 겁니다. 아이의 집에서 곱게 보았을 리 없지요.

관리 사무소를 찾아가 민원을 넣었고 관리사무소는 A를 찾아가 텃밭 만드는 것을 그만두고 원상복구를 해놓으라 통보를 했습니다. A는 그 말을 듣지 않았습니다. 아마도 오히려 화를 냈겠지요. 이 문제만큼은 다른 주민들도 A의 편을 들지 않았습니다. 동 대표를 앞세워 A를 찾아갔고 A를 몰아세웠습니다. 성품이 그랬던 것이겠지요? A는 텃밭을 없애기는커녕 거름을 사와 텃밭에 부어버렸습니다. 거름 냄새는 동 현관을 지나 복도를 거쳐 동 전체로 퍼졌습니다. 결국 주민 전체와 A 간에 큰 싸움이 났고 관리사무소 직원들이 몰려왔고 A는 알겠다고! 소리를 지르고는 집 안으로 들어가 버렸습니다. 얼마 지나지 않아 왕성하게 자라난 잡초들이 텃밭을 뒤덮었습니다. A는 저희 동에서 왕따가 되었습니다. A의 일퇴인 셈입니다.

시간이 지나면서 저는 점점 지쳐갔습니다. 손이 무거워지고, 발이 느려지는 것을 느꼈습니다. 하지만 이번 전쟁의 승패가 내게 달려있다는 이상한 의무감, 책임감이 힘이 빠진 자리를 채웠습니다. 저는 멈추지 않고 제가 해야만 하는 일을 계속했습니다. 그리고 얼마 지나지 않아 휴전시간이 되었습니다. 대장 형은 2동 대장과 만나 휴전시간을 십 분에서 삼십 분으로 늘리기로 합의를 보고 돌아왔습니다.

휴전 시간 동안 우리는 모두 연탄재 폭탄을 만드는 데 시간을 보냈습니다. 무엇보다 폭탄의 재고가 중요하다는 것을 깨달았으니까요. 작전이고 뭐고 다 필요 없이 많이 만들어 많이 던지는 것이 최고다, 라는 생각을 -누구도 입 밖으로 꺼내지 않았지만- 모두가 했었나 봅니다. 물론 2동도 마찬가지였습니다.

응원하던 아이들 중 몇몇이 빠른 걸음으로 집으로 갔습니다. 마실 물이 담긴 주전자를 가지고 온 것입니다. 주전자를 받아든 저는 얼굴에 묻은 연탄재를 씻을까 잠깐 생각했지만 어차피 다시 묻을 것 같아 그만두었습니다. 대신 마른 목을 축였지요. 물을 마시다 우연히 연탄재를 만들고 있는 우리 병사들의 얼굴을 보았습니다. 상기된 얼굴에는 땀과 뒤섞인 검은 줄들이 아래로 흐르다 굳어 있었고 주먹으로 코를 훔치다 묻은 연탄재가 입술에 붙어 아버지의 수염처럼 보였습니다. 하지만 눈빛은 그 어느 때보다도 강했습니다.

눈빛이 강하다는 것, 이것은 제가 받은 인상이라 달리 표현할 방법이 없습니다. 깨달음을 얻은 자의 맑고 따듯한 눈빛은 아니었습니다. 그것은 오직 한 가지 목표를 앞에 두고 다른 것은 보지 못하는 그러나 깊은, 피할 수 없는 두려움과 밀려오는 공포 속에서도 그것을 넘어 살아남겠다는 강한 의지를 뿜어내는 눈빛이라면 상상하실 수 있을까요? 무엇보다도 제가 아직도 그 눈빛을 잊지 못하고 있다면, 그것만으로도 얼마나 강렬한 눈빛이었는지 아시겠지요?

병사들은 벌어진 입으로 가쁜 숨을 몰아쉬면서도 초점을 잃지 않는 그 눈으로 상대편을 바라보거나 연탄재 폭탄을 살피고 있더군요.

병사들이 연탄재 폭탄을 만드는 동안 대장 형은 뭔가 깊이 생각에 잠긴 듯했습니다. 적진을 바라보며 양쪽 손을 옆구리에 댄 채 두 발을 벌려 굳게 땅을 딛고 서 있었습니다. 파이프 담배를 입에 물 수 있는 나이였다면, 얼굴을 감싸고 돌아 나온 흰 담배 연기가 허공으로 퍼졌다면 아마도 2차 세계대전이나 한국전쟁의 한 장군을 떠올렸을지도 모릅니다. 한참 동안 서 있던 장군은 연탄재 더미로 돌아와 새로운 작전을 말했습니다. 이 전쟁은 무엇보다 폭탄이 중요하다. 전반전을 해보아서 알겠지만 폭탄이 딸리면 밀린다. 그런데 우리나 적들이나 폭탄제조에는 한계가 있다. 그렇다고 병사들을 폭탄제조로 돌릴 수는 없다. 대신 적들이 폭탄을 못 만들게 할 수는 있지. 나와 두 명은 적들의 연탄재 더미를 집

중공격한다. 나머지 다섯은 원래 하던 대로 하고. 원래 하던 대로 하는 것이 우리를 엄호하는 것과 같다.

생각해보면 대장 형은 작전의 천재였던 것 같습니다. 지금 어디서 무엇을 하며 살고 있는지 모르겠지만, 군인이 되었다면 훌륭한 장군, 훌륭한 장군이라는 것이 조금은 어폐가 있기는 합니다만, 아니면 뛰어난 작전 참모가 되어있을 것이 분명합니다. 요즘 세상에 태어나 자랐다면 프로게이머가 되었겠지만 말입니다.

장군의 새 작전을 들은 병사들은 입가에 희미한 웃음을 띠었습니다. 그 희미한 웃음은 크게 소리 내는 웃음보다 더 제 심장을 뛰게 했습니다. 결정적인 무엇인가를 발견했다는 만족감, 승리는 우리의 것이라는 확신, 이런 것들이 희미한 웃음 속에 감추어져 있는 것을 보았기 때문입니다.

장군은 다른 병사들의 어깨를 두드리며 격려한 뒤 저에게 왔습니다. 저의 입술에 묻은 연탄재를 털어낸 후 고개를 숙여 제 귓가에 입을 대었습니다. 낮은 목소리로 말했습니다.

검은 연탄재로 폭탄을 만들어라. 가능한 딱딱한 것으로. 그리고 내게 가지고 와라.

저는 똑똑히 기억합니다. 사실 지금까지 말씀드린 모든

이야기들, 이 생생한 이야기들을 제가 어찌 기억할 수 있었 겠습니까? 그날이 동네 아이들의 그저 그런 어린 시절 추억 거리 정도였다면 이렇게 기억할 수가 없지요. 저는 그날 이 후 한동안 이 모든 것을, 그날 장군이 제 귀에 대고 비밀스 럽게 내렸던 명령을 여러 번, 어쩌면 열 번 이상 반복해서 떠올려야 했습니다. 그 반복들이 저의 기억이 되었습니다.

다리를 맞출 것이라 했습니다. 아프기만 하지 다른 일은 생기지 않을 것이라 덧붙였습니다. 그때 저는 거부를 하거나 그게 아니라면 검은 색이 약간만 남아 있는 연탄재를 골라 야 했습니다. 하지만 그러지 못했습니다. 비밀 지령을 받은 특별한 사람, 상황을 바꿀 큰일에 동참하고 있다는 자부심, 그리고 장군에 대한 충성심 같은 것이 제 마음속에 자리 잡 았던 겁니다.

저는 연탄재 더미를 뒤져 검은 색이 많이 남아 있는 연탄 재들을 골라냈습니다. 세숫대야에 모아 담은 뒤 장군에게 가지고 갔습니다. 장군에게 가는 길에 돌부리에 걸렸었는지 발을 헛디딘 것인지 한 번 휘청거렸습니다. 그때 저는 넘어 졌어야 했습니다. 하지만 그러지 못했습니다. 이 전쟁을 끝 낼 마지막 무기가 내 두 손에 들려있었습니다. 나와 장군이

이 전쟁을 결정지을 것이다, 우리 1동이 이길 것이다, 이런 생각을 하며 무릎을 굽혀 땅을 디디고 일어섰습니다. 두 손으로 세숫대야를 받쳐 든 채 말이지요. 한 발 한 발 힘을 주어 장군에게로 갔습니다. 장군의 발아래 세숫대야를 두며 고개를 들어 장군의 얼굴을 보았습니다. 장군은 힐끗 세숫대야를 보더니 다시 고개를 돌려 멀리 적군의 연탄재 더미까지의 거리를 가늠했습니다.

쉬는 시간이 지나고 후반전이 시작되었습니다. 병사들은 장군의 지시에 충실히 따랐습니다. 저는 연탄재 폭탄을 만들면서도 연신 고개를 들어 전쟁의 상황을 살폈습니다. 장군의 옆에 놓인 세숫대야 속 검은 폭탄이 언제 적진으로 날아갈지 궁금했습니다.

저는 보았습니다. 장군이 두 손에 하나씩 검은 폭탄을 집어 들었습니다. 장군은 쏟아지는 폭탄에 아랑곳하지 않고 뚜벅뚜벅 앞으로 나아갔습니다. 모두들 적들을 향해 폭탄을 던지느라 정신이 없을 때였습니다. 저는 일어나 연탄재 더미 앞쪽으로 나갔습니다. 검은 폭탄이 떨어지는 것, 이 전쟁의 마지막 승부수를 보아야 했기 때문입니다. 중간선 근처까지 나아간 장군은 서너 걸음의 도움닫기 후 힘차게 팔을 휘둘렀습니다. 검은 폭탄은 세상에서 가장 완벽한 포물선을 그리며 날아갔습니다.

펙, 검은 폭탄이 떨어지는 그 순간 제 옆으로도 폭탄이 떨어졌습니다. 놀란 저는 본능적으로 몸을 피했습니다. 검은 폭탄이 떨어지는 순간을 놓치고 만 것입니다. 저는 다시 고개를 돌려 검은 폭탄이 떨어진 곳을 보았습니다.

적군 한 명이 바닥에 쓰러져 있었습니다. 적군들이 그곳으로 모여들었습니다. 이상한 낌새를 느낀 아군도 폭탄 던지기를 그만두었습니다. 2동의 대장이 달려왔고 장군도 달려가 2동 대장과 이야기를 나누었습니다. 그날의 연탄재 전쟁이 끝나는 순간이었습니다. 승자도 패자도 나누지 못한 채, 한 명의 부상자만 남긴 채.

검은 폭탄이 전쟁을 끝낼 것이라던 장군의 말은 이상하게도 맞아떨어졌습니다.

끝내야겠어. 가게로 들어온 A가 그 말을 했을 때 정확히 무슨 뜻인지 되물었어야 했습니다. 하지만 저는 바빴고, -그날따라 정말 바빴습니다. 근처에 새로 개업한 식당들이 많았고 게다가 초등학교 급식소에 납품한 물건들에 하자가 있어 모두 교환을 해주어야 했거든요. 교환이 끝나면 바로 대금을 지불하겠다는 말에 일일이 물건들의 상태를 확인하느라 정신이 없었습니다.- 저 역시 A에게 호의적인 마음이 아니었기 때문에 가능하다면 말을 섞고 싶지 않았습니다. 그의 말을 귓등으로 넘겨버린 것이지요. 하긴, 그의 말에 귀를 기울였다 하더라도 그런 일을 상상이나 했겠습니까? A가 말한 얇고 뾰족한, 비교적 긴 칼을 찾아내 건넸고 오만 원권 지폐로 값을 치른 A가 가게 문을 나설 때까지 정말 아무 생각을 하지 못했습니다.

급식소 일을 마무리한 뒤에야 A에게 건넨 칼, 칼을 쥐고 있던 A의 손이 떠올랐습니다. 칼 손잡이를 감싸 움켜쥔 손이 예사롭지 않았던 것 같기도 하고 아니기도 하고. 아무튼 약간 꺼림칙했지만. 솔직히 말씀드리자면 약간이라고 말하기에는 조금 더 기분이 안 좋기는 했습니다. 서늘한 것이 등골을 타고 내린다는 흔한 말이 그런 뜻이겠지요. A의 몸에서 달짝지근한 술 냄새가 났던 것 같기도 하고 아닌 것 같기도 하고. 하지만, 그렇다고 해서, 제 느낌이 그렇다고 해서 아직 일어나지도 않은, 입에 담기도 험한 그 일을 내뱉으며 어딘가로 달려갈 수는 없는 일 아닙니까? 칼을 팔기 전에 용도를 확인하라는 규정이 있는 것도 아니고. 설마, 하고 넘어갈 수밖에요.

그러니까 나는 어느 누구의 편도 아니었고 그저 칼을 파는, 그게 저의 일일 뿐인데 말입니다.

가게 문을 닫은 후 집으로 돌아가는 길에 아이의 집에 들러야겠다, 마음먹었습니다. 정말입니다. 안부를 묻는 척하며 넌지시 한마디 전해야겠다는 생각도 했습니다. 그런데 하필이면 전화가 온 겁니다. 아내가 전화를 했지요. 외식하자고. 밥도 하기 싫고 애들도 다른 것 먹고 싶다고 하고, 마침 시장에 프랑스식 코스 요리 집이 새로 문을 열었다고 하니 거기 가 보자는 전화였습니다.

친구한테 들었는데 그렇게 비싸지도 않아. 이미 예약을 해놓았어. 가게 문 닫고 거기로 바로 오면 시간이 딱 맞을 것 같아.

정신이 없었던 만큼 수입도 나쁘지 않았기에 두말없이 식당으로 갔습니다. A에게 칼을 팔고 받은 오만 원권과 주머니에 있던 만 원짜리 몇 개를 합쳐 결제를 하고 식당을 나왔습니다. 맛난 것을 먹었다며 즐거워하는 아이들을 보며 모처럼 기분이 좋았습니다. 당연히 A의 일은 까마득히 잊어버렸지요.

제 친구는 2동 대장의 등에 업혀 응급실로 갔습니다. 저는 문방구로 달려가 친구의 아버지에게 알려야 했습니다. 공터에서 놀다가 친구가 다쳤다고, 눈을 다친 것 같다고, 지금 응급실로 가는 중이라고 했습니다. 문방구의 셔터 문을 내리고 응급실로 향하던 친구의 아버지가 어쩌다 다친 것이냐 물었을 때 저는 사실대로 말할 수밖에 없었습니다.

못 봤는데요. 무슨 일이 있었는지 저는 보지 못했어요.

사실이 그랬으니까요. 같이 논 것 아니냐고, 도대체 무슨 놀이를 한 것이냐고 친구의 아버지가 다시 물었을 때에도 저는 솔직하게 말했습니다. 연탄재 전쟁을 했다고. 편을 갈라 연탄재를 던져 맞추는 놀이라고. 친구와 나는 연탄재를 던지기 좋게 만드는 역할을 했고, 그래서 연탄재를 던지는 것은 하지 않았다고 했습니다. 연탄재를 던졌는지 던지지 않았는지 친구의 아버지가 묻지 않았지만 저는 말해야 한다 생각했습니다. 우리는 만들고 형들은 던지고, 1동과 2동의 대항전이었다는 얘기도 했습니다. 거의 뛰다시피 빠르게 걷던 친구의 아버지가 제 말을 모두 들었는지는 알 수 없습니다. 다만 제 말이 끝나자 잠깐 멈춰 서서 제 얼굴을 한 번 보았다는 것은 분명히 기억합니다.

친구는 앰뷸런스를 타고 대학병원으로 갔습니다. 눈을 심하게 다쳤던 겁니다. 우리 동네의 응급실에서는 해줄 수 있는 것이 없다고 했습니다. 안과전문의가 있는 대학병원에 가야 살펴볼 수도, 치료할 수도 있다는 이야기를 응급실 당직의가 했습니다. 우리는 응급실 당직의와 친구 아버지가 마주 선 자리를 빙 둘러서서 이야기를 들었습니다. 친구의 어머니가 오고, 앰뷸런스를 부르고, 붕대로 눈을 가린 친구는 울고. 눈을 다쳤다는데 왜 코 윗부분의 얼굴 전체를 붕대로 감아두었는지 지금 생각해도 모르겠습니다. 그 바람에 우리 모두는 -친구의 아버지, 어머니를 포함해서- 실제보다 더 큰 불안을 느꼈던 것 같습니다. 나와 형들 중 몇몇이 같이 울기도 했거든요.

친구가 대학병원으로 간 후 우리는 집으로 돌아왔습니다. 돌아오는 길, 우리 중 누구도 1동이 이긴 것인지 2동이 이긴 것인지 묻지 않았습니다. 왜 이리 늦었느냐는 어머니의 질문에 저는 친구가 다쳤고 그래서 응급실에 다녀왔다는 이야기를 했습니다.

많이 다쳤나 보구나, 응급실까지 가다니, 어쩌다? 뭘 하며 놀았기에? 친구가 다친 것과 네가 관련이 있어?

어머니는 몇 가지 물으셨습니다. 저는 이번에도 솔직하게 사실대로 대답할 수밖에 없었습니다. 연탄재를 던지며 놀았는데 친구가 연탄재에 눈을 맞은 것 같다. 그런데 눈을 맞는 상황을 저는 보지 못했다. 이렇게 말이지요. 그러고는 저녁을 먹었고 텔레비전을 보다 잠자리에 들었습니다. 그날 일은 그렇게 끝났습니다. 큰 일이 있었던 것 같은데 아무 일도 없었던 것 같은 하루, 그런 하루가 지나간 겁니다.

다음날 아침에 일어나 학교를 갈 것이고, 물론 당분간 연탄재 전쟁은 하지 않겠지만, 공터에 나가 동네 아이들과 놀 것이고, 그런 평소의 하루가 내일 또 시작될 것 같았습니다.

당연하게도, 그날 일은 그렇게 끝나지 않았습니다.

다음날 등굣길에 셔터가 내려진 문방구를 보았을 때 저는 심장이 두근거리는 것을 느꼈습니다. 그것은 아마 전날의 일이 쉽게 지나가지 않을 것이라는 예감이었을 것입니다. 옆 반 담임선생님이 저를 부른 것은 시작이었습니다. 교감 선생님도 저를 불렀고. 저뿐만이 아닙니다. 같이 연탄재 전쟁을 했던 형들 모두 교감실로 불려와 그날의 일에 대해 말해야 했습니다. 저는 그 중 제일 어린 학년이었습니다. 고

학년-1, 2동의 대장 형들을 포함해서-이 먼저 질문을 받았습니다.

연탄재를 던져 상대편을 맞추는 놀이를 했을 뿐이고 머리를 맞거나 가슴을 맞는 일이 있기는 했지만 잘 부서지는 연탄재라서 별로 아프지 않았다고, 눈을 맞을 줄 몰랐고, 사실 거기까지 연탄재가 날아갈 것이라 생각하지도 않았다고, 일부러 그런 것은 아니라고, 연탄재 더미 뒤에 숨어 있을 줄 알았는데 그 녀석이 왜 거기서 나와 있었던 것인지 알 수가 없다고 말하던 1동 대장 형이 저를 보았을 때 저는 고개를 끄덕였습니다.

형들의 순서가 지나가고 제가 답할 차례가 되었습니다. 저는 사실대로, 솔직하게 이야기했습니다. 그 이상 말할 수 있는 것이 없었습니다. 저는 말을 끝내고 대장 형을 보았습니다. 대장 형은 제가 그랬듯 고개를 끄덕였습니다.

교감 선생님과의 면담이 끝날 즈음 경찰관이 왔습니다. 친구의 아버지가 파출소를 찾아갔고 조사를 부탁하셨던 모양입니다. 경찰관은 교감 선생님이 물었던 것과 같은, 아니 거의 비슷한 질문을 했습니다. 우리는 예행연습을 한 듯 대답을 했습니다. 교감 선생님도, 경찰관 제복도 무서웠지만 그저 무서울 뿐이었습니다. 숨기는 것이 없었으니까요. 대장 형이 저의 귀에 대고 했던 말이 실제 있었던 일인지 저만 들은 환청이었는지 자신이 없었고, 제가 골라낸 검은 연탄재도 검은 부분이 조금 남아 있었을 뿐이지 어쨌든 연탄재였으니까요. 그러니까 굳이 말을 꺼낼 필요가 없었습니다. 게다가 제가 던진 것도 아니었잖습니까? 대장 형이 그것을 반드시 던질 것이라 믿었던 것도 아니었고요. 또 검은 연탄재가 친구의 눈으로 떨어지는 것을 보지도 못했고. 던진다고 다 맞는 것도 아니고. 저는 그저 던지기 좋은, 누구나 탐이 날 만한 연탄재 덩어리를 만들기만 했으니까. 이런 생각들을 했던 것 같습니다. 생각에 생각을 반복하다 보니 어느새 확신이 들었습니다. 교감 선생님이든 경찰관이든 그 앞에서 당당할 수 있었습니다. 아무튼 그런 일이 반복되었습니다. 아파트 반상회가 소집되었고 반상회에 다녀온 아버지가 제게 물었고 저는 대답을 했습니다. 어떻게 되었냐는 어머니의 물음에 아버지는 1동 대장 형의 집에서 도의적인 책임을 지고 치료비를 전했다는 말을 하며 저를 힐끗 보시더군요. 당분간 바깥에 나가지 말고 집에 가만히 앉아 공부나 하라 하셨습니다.

얼마 후 친구는 한쪽 눈을 안대로 가리고 등교를 했습니다. 그날 담임선생님은 조회시간에 친구의 이야기를 전했습니다. 친구는 치료를 받았지만 앞으로 경과를 지켜봐야 하며, 자칫하면 실명의 가능성이 높다고. 그리고 위험한 놀이는 하지 말라는 당부를 덧붙였습니다.

네!

저는 애써 크게 대답을 했지요.

저는 더 이상 하굣길 운동장에서 친구를 찾지 않았습니다. 친구의 아버지가 하는 문방구에 들르는 일도 없었지요. 아파트 뒤 공터에는 펜스가 쳐졌고, 사유지이니 들어가지 말라는, 연탄재를 버리지 말라는 공고가 붙었습니다.

아이는, 개나리꽃 색 트레이닝 복을 입고 엎드려 있던 아이는 어떻게 되었습니까? 아이의 엄마와 아빠는 현장에서 바로 그렇게 되었다고 들었습니다. 아이는 살아야 할 텐데요. 아이의 등을 마주했던 A가 손에서 힘을 조금 뺐을까요? 잠깐의 시간이라도 멈칫 했을까요?

명확히 해두어야겠습니다. A의 손에 쥐어져 있던 칼은 저의 칼이 아닙니다. 제 손에 오만 원 권 지폐가 쥐어지던 순간 그 칼은 A의 칼이 된 겁니다. 이론의 여지없는 분명한 사실이지 않습니까?

아담

그가 나에게 말했다. 언젠가 내가 다시 자기를 찾아왔을 때 부재의 형태가 어떠하든, 언제부터였는지 알 수 없다 하더라도 한 줄 문장으로 부고를 남겨 달라 했다. 산을 내려오며 언제쯤 그를 만나러 와야 할지 잠깐 고민했다. 삶이 그의 몫이기는 하지만 그를 알아버린 내게도 그의 삶에 대한 책임 중 일부가 주어진 것 같았다. 하지만 아주 잠깐 이상의 고민은 하지 않았다. 그의 말을 온전히 믿지 않은 것이 가장 큰 이유였다. 병원이나 요양시설에 수용되어 있을 것이라 여겼다. 아니면 여전하거나.

이후 삼 년이 지났다. 나는 그의 존재와 부탁을 잊어버렸다. 삼 년이면 잊어버리기에 충분한 시간이니까. 많은 일들이 있었고, 일이 많았던 만큼 바빴다. 첫 소설집을 내었고 정확히 일 년 후 두 번째 소설집을 내었다. 두 권의 소설집에 대한 반응은 나쁘지 않았다. 그렇다고 아주 좋았던 것은 아니다. 소설 쓰는 일을 그만두지 못할 정도의 반응이었다. 삼 년은 잊어버리기에 충분한 시간이 아니기도 했다. 아이와 함께 볼 무료 영화를 고르다 영화 〈마스크〉를 선택했고 짐 캐리가 나무로 된 가면을 주워 올리는 장면에서 그의 부탁을 떠올렸다.

삼 년 만에 그를 찾아 산을 올랐다. 그의 움막에서 예상하지 못했던 많은 것들을 보았다. 그곳에서 내가 보았던 장면, 그곳에 남겨진 흔적들은 단 한 줄의 문장이 감당할 수 없는 것들이었다. 더구나 나는 소설가가 아닌가.

그의 이야기를 한 줄 부고로만 남길 수 없어 이 기록을 남긴다. 그와의 대화, 그의 가족, 그리고 그를 살폈던 의료진을 찾아가 나눈 대화, 그의 움막에서 보았던 것들과 발견한 것들을 토대로 했다. 각각의 자료들에 번호를 붙인다. 순서에는 의미가 없다. 절대적인 시간의 순서, 내가 획득한 순서가 어느 정도 영향을 주기는 했으나 중요도 혹은 의미심장함 따위와는 관계가 없다는 것을 미리 밝힌다.

1. 아내가 말했다

식탁 맞은편에 앉아 있던 아내가 둘째 아이 친구 엄마들 대화방의 내용을 보여주었다.

둘째 초등학교 뒷산에 자연인 한 명이 살고 있다네. 애 친구 엄마들 말로는 소나무로 된 가면을 쓰고 다닌대. 가면을 팔기도 하고. 높지도 깊지도 않은 산에 자연인이라니 우습기는 하지만 한번 가보는 게 어때? 자기 슬럼프라며. 가서 만나 보는 것도 나쁘지 않을 것 같아서 말이야. 재미난 이야깃거리가 있을 수도 있잖아.

그즈음 나는 비어 가고 있었다. 경험과 지적 토대, 그리고 사유 모두 바닥을 드러냈다. 써야 한다는 강박과 남아 있는 것이 없다는 절망이 누렇게 익어 가던 중이었다. 요즘 당신 소설 조금 뻔해. 이런 말 한 마디면 툭 터져 흘러내리기 충분한.

다음날 나는 산에 올랐다.

2. 그를 만나다

산책로에 들어선 지 얼마 안 되어 그의 움막을 찾았다. 움막의 비닐 문을 두드렸다. 잠시 후 그가 나왔다. 소나무 껍질로 된 가면을 쓰고 있었다.

어떻게 오셨습니까?

지나가는 길에 못 보던 움막이 보여서요.

못 보던 움막이라니요. 여기 자리 잡은 지 이 년이 넘었는데요. 지나가는 길이 아니라 이 년 만에 오신 길이겠군요. 들어오십시오. 궁금증도 풀고 가시고. 그도 적적하던 참이었습니다.

움막 안은 바깥에서 본 것보다 넓었다. 장판이 깔린 바닥, 넓게 펼쳐진 신문지 위 빈 자장면 그릇이 보였다.

웃기지요. 자장면 그릇. 그도 돈이 조금 생긴 날은 자장면도 시켜 먹고 그럽니다. 점심은 드셨습니까?

그는 대답을 기다리지 않았다. 파랗고 둥근 플라스틱 의자를 가져오며 말했다.

이리 올라와 앉으십시오.

내가 물었다.

선생님이라 부르면 되겠습니까?

그는 '그'라 불러 달라 했다. 선생님, 당신 따위의 호칭을 듣고 싶지 않으며 이름을 묻지도 말라 했다.

그저 '그'라 불러 주면 감사하지요.

그는 스스로를 칭할 때도 '그'라 했다. '그'는 말하기 싫어해요. '그'는 졸려요. 이런 식으로.

그나저나 무슨 일을 하시는 분입니까? 그를 찾아오신 이유는 무엇이구요. 이 년 만에 들른 산책길을 걷다 우연히 들르신 것치고는 표정이 진지하신데.

그가 물었다. 뭐라 대답할지, 소설을 쓴다 할지, 그렇게 말하면 돌아가라 할지 여러 생각이 들었다.

저는 말입니다, 말하려는 순간 움막 안으로 아주머니 한 분이 들어섰다.

소나무 가면 하나 사러 왔어요. 아이가 갖고 싶다고 해서.

그는 고개를 끄덕이며 일어나 천장에 매달린 소나무 껍질들을 가리켰다.

아이 얼굴에 적당한 것으로 골라 보세요.

아주머니가 그중 한 가지를 고르자 그는 검정 펜으로 소나무 껍질에 눈과 코, 입을 그렸고 끌과 망치로 구멍을 만들었다. 오래 걸리지 않았다. 십 분 정도. 가면을 앞뒤로 살피고 아주머니에게 건넸다.

오천 원입니다.

아주머니는 지갑에서 만 원짜리 한 장을 꺼냈고 그는 주머니를 뒤져 천 원짜리 지폐뭉치를 꺼냈다. 다섯 장을 헤아렸다.

아이가 자라 가면으로 얼굴을 가릴 수 없게 되면 다시 오세요. 그때까지 그가 여기 있다면 다시 만들어 드릴 겁니다. 물론 오늘보다 조금 싸겠지요.

누가 만들어 준다고요?

아주머니가 되물었다.

전체를 가리지 못하는 가면은 의미가 없으니까요.

그는 자기가 할 말만 했고 잔돈을 받아든 아주머니는 고개를 갸웃거리다 나갔다.

이런 날 자장면을 먹는 거지요. 참, 어디까지 이야기했지요? 그렇지. 뭐 하시는 분이라 했지요? 말씀을 하셨던가?

글을 씁니다. 소설.

소설가시군요. 그렇군요. 재미난 소재가 있다는 이야기를 듣고 오셨겠습니다. 별로 재미난 이야기는 아닐 테지만. 그러면 그는 이야기를 해야 하는 건가요? 작가님은 꽤 운이 좋으십니다. 이야기를 남겨야겠어, 엊저녁 그가 이런 생각을 했거든요. 그가 왜 그렇게 살았는지 그를 아는 사람들에게 변명 같은 설명을 하겠다, 마음먹었거든요. 글재주가 없는데 어떻게 하나 고민 중이었지요. 그런 면에서 본다면 그가 운이 좋은 것이네요. 어쨌든, 그의 이야기를 듣고 뜻하는 대로 각색을 하셔도 됩니다. 작가라면 독자의 재미를 신경 쓰지 않을 수 없을 테니까요. 대신 조건이 있습니다. 그가 사라진 뒤에 쓰시거나, 그전에 쓰더라도 그가 사라진 이후에 공개하십시오. 그렇지 않으면 여러 가지 번거로운 일이 생길 것 같아서. 별것 아닌 이야기를 거창하게 한다 생각하실 수도 있겠지만 누구의 이야기든 인생 이야기는 약간은 거창한 것 아닙니까.

그는 대답 없이 고개를 끄덕이고 있는 나를 보며 말했다.

걱정 마십시오. 그리 긴 이야기는 아닐 테니.

3. 그의 이야기를 듣다

그 일이 있기 전까지 그는 이렇게 살게 될 줄 몰랐습니다.

친구 가족과 함께 저녁을 먹고 돌아오던 중이었다. 넘어졌다고 했다. 눈을 감고도 걸을 수 있다 자신하던 길이었다. 술을 한잔하기는 했지만 발을 헛디딜 정도로 취하지 않았고 작은 아이를 업고 있었지만 아이가 무거웠던 것도 아니었다.

그날 그는 기분이 참 좋았습니다. 기분이란 것이 술을 마시면 아주 좋거나 아주 나쁘거나 한쪽으로 쏠리기 마련이잖습니까.

아이들은 모여 앉아 핸드폰 화면을 보며 놀았고, 아내들은 구운 고기를 접시에 담아 아이들 상에 올려놓기 바빴다.

친구가 잔을 내밀었다. 그 또한 잔을 들어 친구의 잔에 부딪혔다.

넌, 내가 본 인간 중 제일 운이 좋은 놈이야.

모르는 사람이 그런 말을 했더라면 왜? 어째서? 따위의 물음을 던졌거나 나에 대해 당신이 무엇을 아느냐 따져 들었겠지만, 친구는 그를 잘 알았고 그 또한 친구를 잘 알았습니다. 내가 생각해도 그런 것 같아, 하고는 웃어버렸지요. 솔직히 말해 그즈음 그도 그렇게 생각했던 것 같습니다. 그의 입으로 명확히 그렇게 말한 적은 없었지만 다만 그런 느낌, 친구가 '내가 본……'이라 한 이후부터 명확해진 그런 느낌이 있었던 것은 확실합니다.

그렇게 기분 좋게 술을 마시고 돌아오던 길이었습니다. 작은 아이를 업은 채 걷고 있었지요. 큰 아이가 앞장 서 걷고 있더군요. 그는 빠른 걸음으로 쫓아가 작은 아이의 발로 큰 아이의 엉덩이를 툭툭 건드렸지요. 큰 아이가 뒤를 돌아보았고 그는 뒷걸음질을 쳤고 그러다 발이 꼬여 넘어졌습니다.

아이가 다치지 않도록 몸을 돌려야 했다. 업혀 있던 아이의 머리가 다치지 않게 등을 위로 하고 얼굴을 바닥으로 향했다. 오른쪽 손으로는 업혀 있는 아이를 잡았고 왼손과 오른쪽 어깨로 바닥을 짚었다. 턱이 바닥에 부딪혔지만 왼손과 오른쪽 어깨로 충격이 흡수된 탓인지 살짝 닿는 느낌만 들었다. 업힌 채 자고 있던 아이는 놀라 깨어났고 아내는 아이를 안아 올렸다. 큰 아이가 아빠 괜찮아요, 하며 다가왔다. 괜찮아. 그는 웃으며 일어섰다. 왼 손바닥이 아팠지만 견딜 수 없을 정도는 아니었다. 얼굴과 손을 씻은 그는 잠이 들었다. 넘어지기는 했어도 기분 좋게 취한 좋은 밤이었다.

다음날 아침 그는 오른쪽 어깨가 아파 눈을 떴다.

오른쪽 어깨가 아파, 어제 무슨 일이 있었어?

그가 물었고 아내는 기가 차다는 듯 그를 쳐다보다 전날 밤의 일을 말해 주었다.

그렇게 넘어졌으니 아플 수밖에. 왼 손바닥은 괜찮아? 손목은? 어제 저녁은 왼손이 아프다며 호들갑을 떨더니. 왼손에서 피도 났어.

아내의 말을 듣고 나서야 간밤의 일들이 정지 화면처럼 하나씩 떠올랐다. 그러자 왼 손바닥이 아파 왔다. 살이 패고 검은 피딱지가 붙은 왼 손바닥. 마침 일요일이었다. 손과 팔을 쓰지 않아도 되어 다행이라 생각했다. 그날 저녁 그는 아내에게 물었다.

혹시 어제 얼굴도 바닥에 부딪혔어?

아니. 반사 신경이 대단하던걸. 그 와중에도 고개는 들고 있더라고. 왜 얼굴이 아파?

그런 것은 아니고 눈이 좀 이상해.

시야가 좁아진 듯했다. 왼쪽 삼분의 일이 검게 가려진 것 같았다. 눈에 뭐가 끼었나 싶어 세수를 하고 눈을 씻어 보았지만 소용없었다. 자꾸 신경이 쓰였고 신경을 쓰다 보니 어지러웠다. 그는 일찍 잠자리에 들었다. 한숨 자고 일어나면 나을 것이라 믿었다. 하지만 다음날 아침에도 여전했다. 점심시간을 이용해 안과를 찾아갔다. 안과의사는 눈에는 아무 이상이 없다고 말했다. 그러면 왜 이런 것이냐, 그가 물었고 안과 의사는 눈에는 이상이 없다는 대답을 다시 했고 그러면 나는 어떻게 해야 하느냐, 그가 다시 물었지만 안과의사는 눈에는 이상이 없습니다, 하고 같은 대답을 반복할 뿐이었다. 이상이 없다는 것은 좋은 일이지만, 그래도 내가 편해질 수 있게 뭔가 해줘야 하는 것 아니냐, 하다못해 안약이든 인공눈물이든 무슨 액션을 취해야 하는 것 아니냐, 그는 따졌다. 그러면 인공눈물이라도 처방을 해드리지요. 안과의사가 대답했고 그제야 그는 자리에서 일어섰다. 저녁이 되어 시야의 장막이 걷히는 듯했다. 아직 흐릿함이 남아 있었지만 전날보다는 나았다. 하룻밤 더 푹 자고 일어나면 완전히 회복될 것 같았다. 티브이를 보고 있는 아내 옆에 누워 눈을 감았다. 눈이 감기지가 않았다. 아니 눈은 감았는데 시야가 닫히지 않았다. 전날 검은 장막처럼 가려져 있던 부위가 이제는 눈을 감아도 어두워지지 않았다. 밝게 빛이 났고 흐릿한 장면들이 스쳐 지나갔다. 가끔은 어두워지기도 했고 가끔은 더 밝아지기도 했다. 다시 눈을 뜬 그는 일어나 앉았다. 그리고 아내의 어깨에 손을 올리려다 깜짝 놀랐다. 시야의 왼쪽 삼 분의 일에서 그녀의 어깨와 잠옷 사이, 그녀의 가슴이 보였다. 분명 그의 두 눈은 그녀의 얼굴을 보고 있는데.

그게 무슨 말입니까?

그의 말을 듣고만 있던 내가 그에게 물었다. 상황이 이해가 되지 않았다.

그렇지요? 이해가 안 되지요.

그는 몇 번 고개를 끄덕이다, 한숨을 몇 번 내쉬다 왼손에 끼고 있던 장갑을 벗었고 왼 손바닥을 펼쳐보였다. 왼 손바닥에는 반창고가 붙어 있었다.

그때 생긴 상처가 아직 남아 있는 건가요?

그는 대답 없이 반창고를 떼어냈고 왼 손바닥을 들어 내 앞으로 내밀었다.

아직 남아 있기는 한데 상처는 아니에요. 선생님 얼굴이 더 가까이 보이네요.

그의 왼 손바닥에는 십 원짜리 동전만 한 구멍이 나 있었고, 그 구멍 속에 까만 유리구슬 같은 것이 반짝였다. 그가 말했다. 이해할 수 없는 일이 드문 세상은 아니지만 이번 경우는 조금 특별하다고.

그의 세 번째 눈입니다. 행여 기대하지 마십시오. 아주 멀리까지 볼 수 있는 천리안 같은 것은 아닙니다. 조리개도 없습니다. 딱 그의 팔 길이 정도 거리에 초점이 맞춰져 있습니다. 선생님 같으면 이 눈으로 뭘 하시겠습니까?

그가 내게 물었다. 장난스런 대답을 할 상황은 아니었다. 더욱이 손바닥에 생긴 세 번째 눈을 상상해 본 적이 없었다.

제일 운이 좋은 사람에게 온 또 하나의 운인지, 행운 끝에 찾아온 불운인지 판단하기 힘들었습니다. 남들이 가지지 못한 것을 가졌으니 또 하나의 운이 아닌가? 생각할 수도 있겠지만, 남들과 다르다는 것이 곧 운이 아닌 경우도 많지 않습니까. 가지기 힘든 것을 가진 것과 없어야 할 것이 있는 것은 다른 의미니까요. 어느 누구에게도 말하지 못했습니다. 세 번째 눈의 유용한 사용처를 찾아내면 주위에 알릴 용기가 생길 줄 알았습니다. 하지만 그 용기라는 것을 내지 못했습니다. 사용처를 찾기는 했는데 세상에 유용한지 알 수 없었거든요.

다행히 세 번째 눈이 생긴 곳은 손등이 아니라 손바닥이었다. 특별한 경우가 아니라면 주먹을 쥐고 있는 것만으로도 숨길 수 있었다.

숨기기에만 좋은 눈입니다. 바깥을 보는 데 도움은 안 됩니다. 숨기기 위해서 생긴 눈이라니. 그게 우스운 겁니다. 도대체 왜 생겼나 싶기도 했지요.

손목을 꺾어 바닥을 바깥으로 향하면 밖을 볼 수는 있었지만 굳이 힘들게 그리하지 않아도 원래 가지고 있던 첫 번째, 두 번째 눈으로 충분한 일이었다. 게다가 초점을 조절할 수도 없는, 해부학적으로도 기능적으로도 한계를 가진 눈. 이 눈이 지켜볼 수 있는 유일한 것은 그였다.

이게 거울을 보는 것과는 다르더라고요. 물론 그전에도 거울을 믿지는 않았습니다만.

그는 이후로 한동안 세 번째 눈과 거울의 차이에 대해서 말했다. 하지만 정확한 내용은 기억나지 않는다. 그가 이야기를 하는 동안 나는 그의 왼 손바닥에 있는 검은 눈동자를 살피느라 그의 말에 귀 기울이지 못했다. 그의 말대로 그것이 눈인지, 정말로 보이는 것인지 궁금했다. 나는 손가락으로 V 자를 만들어 그의 왼 손바닥 위에서 이리저리 흔들었다.

V 자인 것은 알겠는데 초점이 안 맞네요. 조금 더 뒤에서 흔들어 보십시오.

머쓱해진 나는 그의 손바닥 위에서 손가락을 빼냈다. 이게 말이 돼? 저 세 번째 눈이라는 것도 그저 조금 깊이 팬 상처일 거야. 입에서 맴돌다 삼켜버렸던 말들, 마음을 들킨 것 같아 조금 미안하기도 했다.

무안한 마음에 그리고 어색한 분위기를 바꾸고 싶어 물었다.

손바닥에 눈이 생긴 것과 가면을 쓰는 것은 무슨 관계입니까?

그러게요.

그는 가면을 만들기 위해 썼던 목공 기구들을 제자리에 가져다 놓았다.

차라도 한잔하시겠습니까?

목이 마르기도 했던 나는 거절하지 않았다.

4. 세 번째 눈

그는 세 번째 눈의 용처를 찾아냈습니다. 스스로를 살피는 것이었습니다. 어찌 보면 용처라 말하기도 뭣합니다. 목적이라고 하는 것이 더 맞는 표현일 수도 있겠습니다. 그런 말 있잖습니까? 존재의 목적. 누구를 만나든 무슨 일을 하고 있든 자신을 볼 수 있었지요. 드러내고 싶지 않은 표정과 눈빛, 잘못된-명확히 '잘못'이라는 것이 누구의 기준인지는 알 수 없지만- 행동을 빠르게 교정할 수 있게 되었습니다. 자신이 몰랐던 버릇도 발견했습니다. 예를 들면 오른손 엄지와 검지로 콧구멍을 후비는 버릇이라든지, 그 손가락으로 다시 귓구멍을 후벼 귀지를 빼내고 주위를 한 번 둘러본다든지, 그러고는 모르는 척 바닥에 털어버리는 것들 말입니다. 자연스럽게 버릇이 고쳐지더군요.

시간이 지나면서 세 번째 눈에 적응을 했습니다. 분할된 시야에도 개의치 않게 되었습니다. 세상과 그를 동시에 살필 수 있게 된 거지요. 그는 그에게 온 행운을 온전히 받아들이기로, 특별한 것이 아닌 큰 키나 잘생긴 얼굴과 같은 그저 조금 좋은 신체적 조건으로 간주하기로 마음먹었습니다.

얼마 지나지 않아 세 번째 눈의 새로운 사용법을 알아내었습니다. 세 번째 눈이 처음 보았던 것을 기억하십니까? 아내의 가슴에 관한 이야기 말입니다. 적당한 거리만 유지된다면 상대방 모르게 보고 싶은 것을 볼 수 있다는 것. 새로운 용도는 그것이었습니다. 신났습니다. 동료 여직원에게 믹스커피를 건넬 때, 카페 카운터에서 손으로 메뉴판을 가리키며 주문을 하면서, 여학생에게 버스 자리를 양보하고 좌석 등받이에 기대 창밖을 바라보는 동안에 그의 왼손은 쉼 없이 움직였습니다. 쥐었다 폈다를 반복하면서 말이지요. 그의 왼손만 쉼 없이 움직인 것은 아닙니다. 그는 왼손을 사용하기 위해 하루 종일 쉼 없이 돌아다녔습니다. 가끔, 아주 가끔 마주 서 있던 아가씨가 그의 손을 곁눈질로 살피기도 했지만 그의 손에는 아무것도, 심지어 시계나 핸드폰 같은 물건들도 들려 있지 않았습니다. 그렇게 열심히 돌아다니다 돌아온 그는 침대에 누워 그날 보았던 것들을 기억해 내며 빙긋이 웃곤 했습니다. 표범무늬 팬티와 핑크색 젖꼭지, 다양한 깊이의 가슴골들이 머릿속을 돌아다녔지요. 침대에 누웠을 때뿐이겠습니까? 하루 종일, 눈을 뜨고 지내는 동안은 계속이었지요. 그러다 보면 어느새 그놈이……. 몇 개월을 그렇게 살았습니다. 존재의 목적? 그런 것이 어디 있습니까? 존재만 있을 뿐. 그 몇 개월이 지나는 동안 그의 노트북 하드디스크에는 동영상들도 쌓여 갔습니다. 돌아다니며 본 것만으로는 만족할 수 없었던 것이지요. 노트북이 놓인 식탁에 앉아 두 눈으로는 누가 오나 살피고 세 번째 눈으로 동영상을 보며 오른손으로 수음을 한 겁니다. 웃기지요. 슬픈가요? 그런데 말입니다. 지금 와서 생각해 보면 그전에는 그러니까 세 번째 눈이 생기기 전에는 안 그랬겠습니까? 의식하지 못할 뿐, 기억하지 못할 뿐, 애써 무시할 뿐이지요.

여전히 그러던 어느 날 여전히 그러던 중이었습니다. 그날따라 뒷머리가 가려웠던 겁니다. 노트북 화면으로 향했던 왼손을 들어 뒷머리를 긁으려던 순간, 그는 그의 얼굴을 봐버렸습니다. 발갛게 달아오른 두 흰자위와 초점 없이 확장된 동공, 반쯤 벌린 입술과 입술 사이로 날름거리는 혀, 앙상하게 드러난 광대. 아래위로 들썩이던 오른손이 멈췄습니다. 그 얼굴이었지요. 직장에서 버스에서 카페에서 그러는 동안에 그의 얼굴은 그랬던 겁니다. 그날 이후 그는 왼 손바닥에 밴드를 붙이기 시작했습니다. 시야의 삼 분의 일을 가려버렸지요. 당신 요즘 몸이, 얼굴이 부쩍 야윈 것 같아. 어디 아파? 말 못할 걱정거리가 있는 것은 아니고? 그즈음 아내가 했던 말들입니다. 아내가 본 것이 야윈 얼굴뿐이었겠습니까? 붉게 물든 두 흰자위와 초점을 잃어버린 동공은 보지 못했을까요? 그 얼굴을 아내만 보았겠습니까? 그는 부끄러웠습니다. 부끄러워하면서도 그는 하루에도 몇 번씩 힘들게 감았던 붕대를 풀고 밴드를 떼어내고 돌아다녔습니다. 돌아와서는 지웠던 동영상을 다시 찾아내 그 짓을 했습니다. 그러다 자기 얼굴을 보고 그러다 멈추고 그러다 울고.

눈요? 파낼 생각을 왜 안 했겠습니까? 송곳으로 찔러도 보고 칼로 헤집어 보기도 했습니다. 아프기만 하더군요. 언제 그랬냐는 듯 멀쩡하게 되살아나 있었습니다. 어쩌면 그가 깊이 찌르지 않았을 수도, 깊이 헤집지 않았을 수도 있겠습니다.

그의 부끄러움은 횟수와 강도를 더해 갔습니다. 그때, 그의 얼굴을 보지 못했더라면, 못 본 체할 수 있었더라면. 그에게는 아이들을, 아내를 마주할 자신이 남아 있지 않았습니다. 결국 집에서 나왔습니다. 직장도 그만뒀지요. 그리고 이곳으로 온 겁니다. 가면에 대해 물으셨지요? 손바닥의 눈을 어떻게 할 수 없으니 얼굴이라도 가려야 하지 않겠습니까? 어떻습니까? 믿어지십니까? 그는 더 이상 할 말이 없는데 이 정도 이야기면 소설 한 편 나오겠습니까?

그가 물었지만 나는 대답할 수 없었다. 믿지 않았다. 직장을 그만두고 이혼을 하고 집을 나와야 할 정도로 부끄러운 일인가 싶기도 했다.

이야기를 털어놓고 나니 속이 시원합니다.

그는 기지개를 켰고 큰 소리로 웃었다. 한편으로는 실망한 듯 보였다. 나를 빤히 바라보는 가면 속의 눈동자. 궁금한 것이 있다며 캐묻거나 이야기를 더 해 달라 조르기를 바라는 것 같았다. 예의상 몇 가지 질문을 할까 잠깐 머뭇거렸지만 그러지 않았다. 그의 말을 믿을 수 없었고 나의 질문은 그의 망상을 더욱 키울 터였다.

이야기 잘 들었습니다. 차도 잘 마셨습니다.

나는 인사를 하고 이제 가봐야겠다며 일어섰다. 신을 신고 일어서는데 그가 말했다.

그는 부끄러움이 많았다.

네? 제가요?

그가 대답했다.

아니오. 부탁드리는 겁니다. 혹시 작가님께서 소설을 쓰다 확인할 것이 생기거나, 소설을 쓰지 않더라도 갑자기 궁금해져 이곳에 다시 오게 되면, 그런데 그가 없거든 어떤 형태든 이 세상에 없는 존재이거든 방금 말씀드린 한 문장으로 신문에 부고를 내어 주십시오. 세상에 이해를 구하고 싶어서 그럽니다. 부끄러워할 줄은 알았다고. 부끄러워서 그랬다고.

무슨 그런 말씀을. 농담이라도 그런 말 하지 마십시오. 나는 이 말을 하지 못했다. 그때 그 말을 했더라면……. 험한 생각은 하지 마시라, 말을 했더라면……. 그의 말을 믿지 않은 탓이다. 그의 세 번째 눈, 그의 부끄러움을 나는 끝까지 믿지 않았다.

내가 그날 그에게서 들은 것은 여기까지다. 다음은 그의 아내로부터 들은 이야기, 그의 주치의와 나누었던 대화 내용이다. 이것저것 보태거나 숨기지 않고 혹은 이리저리 앞뒤를 바꾸거나 섞지 않고 그대로 남긴다. 그의 이야기를 소설의 소재 혹은 주제로 삼지 않겠다는 내 의지의 표현이다. 나를 믿고 자신의 내밀한 경험을 털어놓지 않았나. 그의 삶을 이용해 나의 이익을 취하고 싶지 않다.

5. 그의 (전)아내로부터

『나는 그 사람과 눈을 맞추거나 그 사람의 표정을 살피고 싶지 않았어요. 그 사람 몸에서 나온 냉기가 주위를 차갑게 만들고 있었지요. 시체와 함께 있는 것처럼. 의사는 출혈을 많이 해서 그러니 수혈을 받고 나면 나아질 거라고, 한꺼번에 수혈을 많이 받으면 부작용이 생길 수 있어서 나누어 받을 것이라고, 며칠 걸리겠지만 그래도 곧 좋아질 것이라고 말했지만 나는 무서웠어요. 어중간하게 얼굴을 들었는데 그 사람의 입술이 보이더군요. 백지장 같은 입술 말이에요. 무슨 말이든 해야 할 것 같았어요, 제가 무슨 말이든 해야 그 사람이 대답을 할 것 아니겠어요? 입술이 움직이겠지요. 입술이 움직이는 것을 보고 싶었어요. 살아 있는 사람이라는 것을 보여주는 유일한 증거라 생각했어요.

많이 흘린 모양이네요. 입술이 창백해요.

119가 생각보다 늦게 오더라고.

요즘은 보존만 잘 되어 있으면 접합수술을 할 수 있다 하던데.

내가 그럴 줄 알고 잘라내자마자 마초에게 던져 줬지. 개새끼. 잘 먹더라고. 뭔지도 모르고 말이야.

그 사람 입에서 몇 마디 말이 나오자 조금 마음이 편안해졌어요. 입술은 창백했지만 그 사람 목소리에는 힘이 있었거든요. 그는 간간이 손에 쥐어져 있는 진통제 버튼을 눌렀고 그때마다 마약성 진통제가 몇 방울씩 그의 혈관으로 흘러 들어갔어요. 통증 때문은 아닌 것 같았어요. 이마를 찌푸린다거나 신음소리를 내지는 않았거든요. 헛소리를 뱉어내기 위해 진통제를 이용하는 것 같았어요. 하지만 그날의 일은 환상이나 상상은 아니었지요. 그 사람은 자신의 그것을 스스로, 단칼에 잘라냈으니까요. 문득 하얀 침대보에 뿌린 듯 묻어 있는 갈색 반점들이 보였어요. 유난하다 싶어 손으로 문질렀지요. 제가 묻지 않았는데 그가 말을 하더군요.

아침에 혈관 잡던 중에 흘린 거야. 가뜩이나 모자란 아까운 피를 말이지. 바로 갈아 준다고 했는데 아직 안 오네. 뭐, 별로 중요하지는 않지만 말이야. 참, 조금 전 회진 다녀갔어. 내 엉덩이 살을 떼어내 잘 뭉치면 뭘 새로 만들 수 있다네. 쉽지는 않겠지만 할 수 있는 데까지는 해드릴 생각입니다, 인심 쓰듯 말하더라고. 자기 엉덩이 살을 떼어 주는 것도 아니면서 말이야. 그래서 내가 대답했지. 뭘 새로 만듭니까. 힘들게 잘라냈는데, 하고 말이지. 기겁을 하더라고. 버벅거리다 돌아갔어. 잘라내겠다, 막상 마음을 먹고 나니 말이야, 어디까지 잘라내야 할지 모르겠더라고. 끝만 잘라낼까? 하다가 그럴 거면 의미 없다 싶었지. 뿌리까지 잘라낼까? 생각해 봤는데 그게 기술적으로 쉽지 않아. 뿌리 부분의 단면이 보기보다 넓거든. 한 번에 자를 수가 없어. 한 번에 자르지 못하고 어중간하게 붙어서 덜렁거리면 아프기만 하고 그럴 것 같아서. 나, 해부학 책도 샀어. 최소한의 손실을 생각했지. 뿌리나 그 아래쪽이 아니라면 큰 차이가 없어. 똑같아, 동맥 하나 정맥 둘. 네임펜으로 표시해 둔 곳을 노려보다 단숨에 탁. 뿌리 쪽을 고무줄로 단단히 묶었는데도 피가 많이 나더라고. 119가 올 때까지 정신을 차리려고 했는데 어지러워서 그만. 그런데 왜 이리 담담해. 아무렇지도 않아? 왜 불렀는지 묻지도 않고. 화를 내지도 않고.

당신은 변한 것이 없군요. 그때나 지금이나. 세상 부끄러운 척은 혼자 다 하더니 왜 나와 아이들은 함부로 대하는 거죠? 아이들과 나를 두고 집에서 나와 하는 짓이 겨우 이건가요?

겨우라니. 나로서는 큰……

나는 왜 불렀죠? 뭘 보여주고 싶은 건가요? 굳이 나를 이리로 부른 것에 대해서 화가 나요. 지금 참는 중이에요.

그 사람과 나눈 대화에 대해 기억이 나는 것은 여기까지. 더 이상 제게 묻지 말아 주세요. 할 말도 없을뿐더러 생각하고 싶지도 않아요. 도대체 그 사람에게 무슨 일이 생겼던 건지. 그 사람은 왜 그랬던 건지.』

6. 담당 의사로부터

『굉장히, 아주 드문 경우였습니다. 자신의 신체를 훼손하는 것 자체가 흔한 일 아니지 않습니까? 한 번도 아니고. 퇴원하고 한 달이 채 되지 않아 다시 왔지요. 응급실로. 토요

일이었습니다. 마침 그 주에 저희 부부의 열세 번째 결혼기념일이 있었고요. 그 핑계로 지인 부부를 초대해 집에서 식사를 하던 중이었습니다. 사실 결혼 십삼 년쯤 되면 둘이서 기념일을 보내는 것이 딱히 아주 재미있는 일은 아니거든요. 그래서 평소에 초대하겠다 말을 건넸던 지인 부부를 불렀지요. 물론 아내도 동의했습니다. 그 주는 제가 당직이 아니었습니다. 그런데 제게 콜이 온 겁니다. 핸드폰에 응급실 번호가 뜨는 순간 솔직히 짜증부터 났습니다. 제가 큰 소리로 뭡니까? 하고 물었죠. 전공의가 모기만 한 목소리로 이러더군요.

3주 전 교수님 앞으로 입원했다가 퇴원하신 분이신데요. 페니스를 셀프로 절단해서 오셨던…….

거기까지 말하면 누군지 바로 알지요. 하지만 3주 전 제 환자였다고 해서 제가 콜을 받아야 할 이유는 없습니다. 그래서 다시 물었죠.

그런데 왜?

이번에는 셀프로 왼 손목을 자르고 방문하셨습니다.

그 말을 듣고 나니 한숨이 나왔습니다. 하지만 호기심도 생겼지요. 이 사람 뭐지? 지난번도 이상한 일이기는 했지만 말입니다. 지난번 이야기를 안 할 수 없습니다. 보통 누군가 자신의 성기를 자르거나 사고로 성기가 절단되면 그걸 찾아서 들고 오거든요. 어떻게든 붙여서 살려 달라고 말입니다. 그런데 이 환자는 그걸 기르던 개한테 줘버리고 왔단 말입니다. 어떻게든 살려 달라는 말도 하지 않았습니다. 물론 환자가 원하지 않는다 해서 의사가 할 일을 안할 수는 없습니다. 모든 기능을 회복시킬 수는 없지만 필수적인 것, 말하자면 배뇨라든지 미용적인 측면을 고려해서 비슷한 무언가라도 만들어 드리려 했지요. 엉덩이 살을 떼어내 그럴듯하게 만들어 드릴 수 있습니다, 하고 말했지요. 그랬더니 힘들게 떼어냈는데 뭘 새로 만드느냐며 거부를 하는 겁니다. 황당했지요. 하지만 저도 한번 마음먹은 것을 쉽게 포기하지 않습니다. 다음날 한 번 더 말했지요, 씨익, 웃더군요. 그러고는 제게 물었습니다.

새로 만들어 주신다는 그것, 그것도 전의 것처럼 잘 섭니까?

기가 찼지요. 제가 대답했습니다. 엉덩이에서 떼어낸 살은 발기가 안 됩니다, 하고 말이죠. 제 대답을 듣더니 그러면 필요 없다 하더군요. 이번에는 저도 더 이상 고집하지 않았습니다. 그러세요, 그럼. 이렇게 말하고는 병실을 나와 버렸습니다. 이후로는 저도 의례적인 회진만 돌았을 뿐 다른 제안이나 말을 하지 않았습니다. 그러다 퇴원했습니다. 그런데 다시 나타난 거죠. 왼쪽 손목을 자른 채 말입니다. 이번에도 역시 잘라낸 것을 기르던 개에게 줘버렸더라고요. 개에게나 줘버려, 그 말이 이렇게 현실로 나타나다니요. 웃기지요, 어떻게 되었냐고요? 제가 해줄 것이 없었죠. 가져다 붙일 것이 없으니까요. 성형외과 의사가 무얼 할 수 있겠습니까? 다만 그 사람이 정상은 아니니까 정신과에 의뢰를 했지요. 정확하지는 않지만 망상장애의 일종 같다는 이야기를 들었습니다. 정신과에서 입원을 시키려 했는데 그게 잘 안 되었다 하더군요. 보호자의 동의가 있어야 하는데 연락이 안 돼서. 연락되고 모두 동의하면 강제로라도 입원을 시키기로 하고 일단 퇴원을 한 것으로 알고 있습니다. 그 이상은 알지 못합니다. 도움이 되었습니까? 궁금한 것은 모두 풀렸습니까?』

7. 현장에서 발견된 노트

『작품 메모 : 그의 머리는 수십 걸음을 굴러 맞은편 식탁 아래를 지나 벽에 부딪혔고 잘린 목에서는 투욱 투욱 투욱 붉은 것들이 솟아 둥근 천장까지 올랐다. 순간 어두워졌으며 천장에서 아래로 꽃들-동백과 꽃무릇이 뚝뚝 그리고 후

두둑, 어떤 것은 홍매화 같기도 했고 어떤 것은 체리 같기도 했다. 명자였을 수도 있는.-이 내려왔다. 집이 흔들리는 것인지 그가 흔들리는 것인지 세상이 아래위로 좌우로 흔들렸고 이윽고 그는 쓰러졌다.』

『그건 마치 떼쓰는 어린아이와 같아. 정해야 하지. 어디까지 받아 줄지, 어디서부터 막아야 할지. 버릇없이 자라게 되거나 온갖 콤플렉스가 생기거나. 필요하다면 체벌도 해야겠지. 감당할 수 없다면 해결해야 할지도. 그 정도 책임은 져야 하는 거니까.』

『그것만 잘라내면 될 줄 알았는데……. 이 왼 손모가지를 잘라야 하나? 그러면 해결이 될까? 자꾸 떠올라. 그것도, 손모가지도 잘라내었는데 자꾸 떠오르면 다음엔? 그다음엔? 하긴 기억이 사라질 수 있겠어? 이 머릿속 어딘가 영원할 테지…….』

『하긴 세 번째 눈은 잘못이 없어. 그것이 오기 전에도 그는 그랬었잖아. 그랬고말고. 그 눈동자 그 혓바닥, 그가 가진 모든 감각으로 탐했지. 상상으로 머릿속으로.』

『그는 운이 좋은 놈이기는 하지. 왼 손바닥에 있는 그것이 없던 시절에는 달랐을 것 같아? 그저 들키지 않았을 뿐이지. 하지 못했을 뿐이지. 그게 운이 좋은 거지.』

8. 현장에서 발견된 그림들

그의 움막에서 그림 두 점이 발견되었다. 처음 움막을 방문했을 때는 보지 못했던 것들이다. 당시에는 캔버스뿐만 아니라 붓이나 물감, 팔레트 등 그림과 연관 지을 수 있는 어떤 것도 보지 못했다. 아마도 그 사이 그림 작업을 한 것으로 추정된다. 편의상 그림 1과 그림 2로 명명한다. 그림은 사건의 증거로 검찰에 제출되었다가 수사 종료 후 유가족들에게 인도되었다. 그림을 찍은 사진을 따로 남겨 둔다. 또한 분실의 경우에 대비하여 각각의 그림에 대해 글을 남긴다.

그림 1(송판, 아크릴, 크기 : 대략 10호)

흰 대리석 건물에서 벌거벗은 한 남자가 걸어 나오고 있다. 한 손으로 얼굴을 가리고 고개를 숙인 남자. 손으로 얼굴을 가렸음에도 그 남자는 얼굴을 찡그리고 있는데 그것이 괴로움인지 슬픔인지 혹은 통증에 의한 것인지 구별할 수 없다. 그리고 그의 아랫도리, 그것이 있어야 할 부위에는 고환주머니만 보인다. 고환 주머니 위, 그것이 달려 있어야 할 곳에서 나온 붉은 것이 남자의 허벅지를 타고 내려온다. 남자의 머리 위에는 태양을 가린 구름들로 가득하다. 구름들의 형상은 여성의 유방이고 여성의 그것이다. 그리고 남자의 남은 한 손, 머리 위로 들고 있는 손에 쥔 검붉은 살 덩어리에서도 붉은 방울들이 뚝뚝 떨어진다. 남자는 맨발로 모래밭을 걷고 남자의 걸음이 시작된 곳에서부터 지금 남자가 걷고 있는 곳까지 남자의 발자국은 붉다. 남자의 걸음이 시작된 곳 너머 건물의 안쪽은 황금색과 푸른빛이 가득하지만 그 빛은 이쪽 남자에 미치지 못한다.

그림 2(송판, 아크릴, 크기 : 대략 12호)

검은 나무들로 가득한 숲과 햇살과 꽃이 가득한 정원 사이에 벌거벗은 남자 두 명이 겹치듯 서 있다. 정면을 향한 몸을 가진 남자는 붉은 얼굴을, 몸과 얼굴 모두 왼쪽으로 돌아선 남자는 희거나 창백한 얼굴을 가지고 있다. 우측 가장 윗부분에는 짙푸른 피부색을 가진 여성이 날갯짓을 하며 떠 있고 그녀의 유방과 성기에서 거친 바람이 불어 나온다. 거친 바람은 세 갈래로 나뉘어 붉은 얼굴의 남자에게로 향한다. 한 갈래는 뒤를 바라보는 얼굴의 입속으로, 한 갈래는 정면을 향한 몸의 두 손으로, 그리고 마지막 한 갈래는 정면을 향한 남자의 발기된 성기를 감싼다. 남자의 왼손은 손목 아래가 없다. 왼쪽으로 돌아선 창백한 남자는 정원을 배경으로 시선을 좌측으로 향한 채 웃고 그의 성기와 왼 손목에서 꽃넝쿨이 뻗어 나와 정원을 가득 채운다.

9. 그의 부재

마지막으로 그의 움막을 다시 방문했을 때 그리고 이후에 벌어진 상황을 기술한다.

움막 주위, 움막의 문 입구에는 키 큰 잡초들이 자라 있었다. 움막의 문은 굳게 잠긴 듯했지만 힘으로 열 수 없을 정도는 아니었다. 나는 어깨를 움막의 문에 갖다 대고 밀었다. 안쪽 걸쇠가 바닥으로 떨어지는 소리가 들렸다. 문이 열렸고 나는 안으로 들어섰다. 나는 문을 활짝 열었다. 움막 안은 삼 년 전 처음 보았을 때와는 구조가 조금 달라진 듯했다. 원형 톱이 있는 큰 테이블이 중앙에 있었고 그 좌우 바닥에 무언가 떨어져 있었다. 나는 코를 소매로 막으며 안으로 들어갔다. 썩은 냄새와는 조금 다른, 매캐함과 달콤함이 버무려진 그러나 유쾌하지 않은 공기가 소매를 뚫고 콧속으로 들어왔다. 테이블 위 말라붙은 검은 흔적을 확인하고 아래를 보았다. 테이블 좌측 아래에는 두개골이, 테이블 우측 뒤쪽 아래에는 갈비뼈가 드러난 몸통이 있었다. 말라붙은 속옷과 바지는 건드리면 바스락 소리를 내며 공기 중으로 흩어져 버릴 것 같았다. 백골화된 시체였다. 구역을 참을 수 없었다. 시신 위에 토해 낼 수 없어 고개를 돌렸고 의도하지 않았지만 테이블 위에 배 속의 것들을 게워냈다. 핸드폰을 꺼내 신고를 했고 경찰이 올 때까지 움막 밖에서 기다렸다. 냄새가 심하게 났기 때문에 움막의 문을 닫았다. 경찰이 와서 시신을 확인했고 테이블 위의 토사물에 대해 물었다.

시체가 눈에 들어오고 속에서 뭐가 막 올라오는데 참을 수 있어야지요. 정말 어쩔 수 없었습니다.

수사에 방해가 되었다면 죄송하다고 덧붙여야 했다.

10. 남아 있는 아쉬움

움막 안의 모든 것은 수사 자료가 되었다. 내가 임의로 접근할 수 없었다. 수사가 종료된 뒤 수사 기록과 자료의 사본을 받으려 했으나 유족들이 허락하지 않았다. 나는 유족들을 직접 찾아갔고 생전에 그가 내게 했던 부탁을 유족들에게 전했다. 고인은 당신의 이야기를 남기고 싶어 했습니다. 제가 비록 소설가지만 있는 그대로 기록으로만 남기겠습니다. 허락해 주십시오. 이렇게 말하고 나서야 유족들의 허락을 얻을 수 있었다. 아쉬운 것은 그가 남긴 노트를 제대로 복구하지 못했다는 것이다. 그의 시신이 노트 위로 엎어졌거나 그가 노트를 품에 안고 그 일을 실행한 것으로 추정되는데 시신이 부패하는 과정에 노트의 손상도 상당했다. 노트를 온전히 복구할 수 있었다면 그간 그의 심경이 어떠했는지, 세 번째 눈에 대한 그의 입장이 어떤 과정을 거쳤는지, 왜 그런 일을 반복적으로 그리고 최종적으로 실행했는지에 대해 살펴볼 수 있었을 텐데 하는 아쉬움이 남는다. 기르던 개에 대한 의문도 남았다. 처음 움막을 방문했을 때는 개를 보지 못했다. 그러나 그와 아내 사이에 나눈 대화, 주치의의 진술에 의하면 기르던 개가 있었던 것으로 보인다. 마초, 그 개는 어디로 갔을까?

나는 이제 신문사로 갈 것이다. 그의 부탁대로 부고를 전할 것이다.

'그는 부끄러움이 많았다.'

민의 순간

이미 수회 답사했던 길이었는데, 낯설었다. 달 때문이었다. 산등성이에서 달을 보는 것은 처음이었다. 정원에서 보던 달보다 조금 더 크고 가깝게 느껴졌다. 그만큼 서늘함도 깊었다. 시스터가 한 말, 식어버린 반사체라는 말이 머릿속을 휙 지나갔다. 달이 비추는 것은 어둠이야. 어둠을 빛나게 하지. 마치 어둠이 아닌 것처럼. 그렇지만 결코 따뜻하게 감싸지는 못해. 식어버렸거든. 언젠가 스스로 타오른 적 있었겠지. 지금은, 과거일 뿐이야. 어둠 역시 그렇지. 새벽이 오면 곧 과거가 되지. 지금 우린 반사체가 어둠을 비추는 것을 보고 있는 거야. 과거가 과거를 쓰다듬는 거지. NY들이 하려는 짓이 딱 그거야. 대문까지 따라 나온 시스터가 달을 올려다보며 한 말이었다.

숲은 사위의 작은 소리까지 삼켜버린 듯했다. 다만 민의 발걸음 소리만은 내키지 않은 듯 품지 않았고 그런 탓에 민의 발걸음 소리가 유난히 크게 들렸다. 민은 자신의 발걸음 소리가 산 아래로 위로 퍼져나갈 것 같아 발뒤꿈치를 먼저 땅에 내려놓으며 걸었다. 예정했던 시간을 맞추려면 서둘러야 했지만 누구에게도 들키지 않는 것이 무엇보다 중요했다.

–야생동물 방사구역이 아니니 별일 없을 거야, 하지만 혹시라도 뭔가 나타나면 이걸 써. 이 버튼을 누르면 빛이 나와. 이렇게. 손전등이라는 거야. 대재앙의 시대[1]에 사용하던

---

1   호모 사피엔스 사피엔스가 상상했던 모든 재앙들 중 단 한 가지, 소행성 충돌을 제외한 모든 재앙이 십여 년 동안에 일어났다. 기후 온난화를 제어하지 못한 결과 해수면이 상승하고 이상 기후 현상이 폭증했다. 그동안 잠잠했던 지각판들의 이동과 충돌은 지진과 화산 폭발을 만들었다. 호모 사피엔스 사피엔스는 삶의 다른 형태를 고민하고 선택해야 했지만 그러지 못했다. 그들은 그들의 과학기술이 모든 문제를 해결해 주리라 믿었지만 그들의 영화에서 볼 수 있었던 기적적인 해결법들–이를테면 우주로의 이주와 같은–은 실현되지 못했다. 재앙들은 서로 상승효과를 일으켜 호모 사피엔스 사피엔스의 일상을 유지할 수 없게 만들었다. 호모 사피엔스 사피엔스가 기존의 삶을 유지할 수 있는 땅은 부족해졌고 결국 그들은 누군가를 절멸해야 살 수 있는 상황에 처했다. 사실, 그것은 지구 역사의 전체를 보았을 때 자연스러운 과정일 수도 있었다. 지배적인 종은 그렇게 사라지고 새로운 종이 그 자리를 차지하는 것은 당연한 것이니까. 물론 호모 사피엔스 사피엔스의 영광은 다른 지나간 지배종에 비해 유독 짧았지만 언젠가는 어차피 일어날 일이었다. 조금 빨리 온 것일 뿐. 다만 그들의 잘못은 자신들의 운명뿐 아니라 다른 종의 운명까지 위협하고 결국은 자신들과 같은 길을 걷게 했다는 것이었다. 그들이 촉진했던 재앙의 진행시간이 너무 빨라 다른 종 또한 적응할 시간이 부족했다. 호모 사피엔스 사피엔스의 멸종은 지구 생태계의 멸종이었다.

물건이야. 옛 유물 같은 것이지. 루시가 금한 것이기도 하고. 그래, 불법이야. 이것의 존재, 이것을 가지고 있다는 것 모두. 아무튼 야생동물 녀석들은 손전등을 본 적 없으니 도망갈 거야. 그리고 이것들을 입고 가. 혹시 누가 있어 들키더라도 둘러댈 수 있게. 그런 일 없겠지만.

'I LOVE NY'이라 희게 수놓은 검은 모자와 검은 티셔츠, 손전등이라는 이름의 검은 막대를 건네며 시스터가 말했었다.

-그런 일이 아니라면 손전등을 켜지는 마. 연구소 안에 들어가서 아무도 없는 것을 확인 한 후에 켜도록 해. 알겠지?

시스터는 민에게 단단히 다짐을 받았다. 민은 대답 대신 시스터의 검은 눈동자와 눈을 맞췄다.

-내일 오전 열두 시 전까지는 돌아와야 해. 돌아와서 어떻게 됐는지 말해줘. 네 말을 듣고 나서야 내가 결정을 할 수 있어.

회의가 예정된 시간이 아니냐 민이 물었고 시스터는 그 즈음 점심식사 겸 휴식을 핑계로 휴회를 할 것이라 대답했다.

민이 나간 후 시스터는 서재로 가 커튼을 치고 등불을 켰다. 검은 연기가 살짝 피어오르다 이내 멈췄다. 책상 위에 놓인 서류를 물끄러미 바라보다 의자에 앉아 턱을 괴었다. 이미 수회 검토한 문서였지만 회의 전 한 번 더 살펴보기 위해서였다. 아니, 그것보다는 생각을 정리할 시간이 필요했다. 서류의 맨 앞장 '아담 프로젝트'라는 제목, 'Y염색체를 사용한 수정란 생성에 대한 제한적 허용 안'이라는 부제, 그리고 맨 아랫부분의 서명란이 눈에 들어왔다. 단장의 서명란과, 그 옆 의장의 서명란을 채우면 공회에 넘어갈 것이었다. 공회의 토론 후 안건을 통과시키면 이후 수일 동안의 시민투표가 진행되고 시민투표의 결과가 '허가'로 나온다면 루시의 시대[2]가 시작된 이후 최초로 호모 XY의 수정란이

---

2   대재앙의 시기 이후 살아남은 이만 일천이백칠십오 명의 호모 사피엔스 사피엔스 암컷들은 자신들을 루시라 불렀고 그들이 '호모 XX프로젝트'(각주4)를 시작한 시점부터의 역사를 루시의 시대라 이름 붙였다. 여전히 호모 사피엔스 사피엔스의 시대, 인류세라 부르는 이들도 있었지만 그 수는 점점 줄었다. 지금에 와서는 몇몇 극단적 종교인만 그렇게 부르고 있다. 수정란을 통한 재생산으로 전체 인구가 십만 명이 되던 해에 마지막 루시가 죽음을 맞이했다. 마지막 루시의 장례식은 엄청났었다고 기록되어 있다. 루시의 자손들, 너무나도 명확하게 루시의 피가 흐르고 있는 자손들 칠만 팔천칠백이십 명이 슬퍼했고 지구장으로 장례를 치루었으며 공식적인 애도의 기간은 한 달이었다. 애도기간이 끝난 후 그들은 전체의 총의를 모아 다음과 같이 발표했다.
「우리는 우리를 호모 XX라 명명한다. 우리는 오스트랄로피테쿠스로부터 호모 하빌리스, 호모 에렉쿠스, 호모 사피엔스, 호모 사피엔스 사피엔스로 이어진 인류사에 새롭게 나타난 종으로 스스로를 인식한다.
우리는 우리들의 출발인 루시들의 자손으로서 우리의 문명이 지속되는 한 우리의 시대를 '루시의 시대'라 부를 것이다.
우리는 지난 호모 사피엔스 사피엔스의 시대를 잉여의 시대라 확인한다. 루시의 시대, 호모 XX의 시대에 잉여는 존재하지 않을 것이다.」

만들어진다.

회의를 미루자고 할까, 잠시 고민을 했지만 그러지 않기로 했다. 미루더라도 딱히 바뀔 것이 없었다. 결론을 내지 못하더라도 내일은 회의를 해야 했다. 이미 세 번을 미뤘다. 다시 한 번 미룬다면 '단장이 일부러 보고를 하지 않는 것이다.', '단장은 이미 결론을 내렸다.', '월권이 아니냐.' 등등의 말이 나올 것이 뻔했다.

Y염색체가 들어있는 생식세포를 수정란 생성에 사용할 수 있게 해달라는, 공식 명칭으로는 'Y염색체를 사용한 수정란 생성에 대한 제한적 허용 안'이 올라온 것은 육 개월 전이었다. 제한적이라는 단서를 두기는 했지만 그것은 곧 전면적이라는 단어로 바뀔 수 있다는 것을 뜻했다. 처음에는 간략하게 한 줄 뉴스 정도로 언급되고 지나갈 줄 알았는데 시간이 지나며 여론의 관심이 커졌고 공개적으로 찬, 반을 논하는 글과 말들이 방송과 신문 등에 올라오기 시작했다. 두 달 전부터는 각종 공론장-사적인 토론의 자리, 언론사의 게시판, 공영방송의 토론 등-에 독립적인 세션을 둘 정도였다.

한참 동안 서명란을 들여다보던 시스터는 크게 숨을 내쉬고는 앞 장을 넘겼다.

민이 연구소의 정문에 다다랐을 때 달은 산등성이를 넘어가 보이지 않았고 어렴풋이 동이 터오는 듯 했다. 민은 시스터가 준 열쇠로 연구소의 현관문을 열고 안으로 들어갔다. 어두웠고 인기척은 없었다.

　연구소에 들어가면 먼저 요한이라 붙여진 방을 찾아.

　시스터가 말했었다. 라이트를 켠 민은 발끝으로 바닥을 디디며 복도의 양쪽으로 난 문을 하나씩 비추었다. 복도의 맨 끝에 요한이 있었다.

　요한에 들어가면 긴 원통이 하나 있을 거야. 겉에는 아담이라 써놓았을 거고.

　시스터는 빈 종이를 가져와 그림을 그리며 설명했다.

　아담이라는 글씨 아래에 계산기 모양의 판 같은 게 붙어 있어. 번호열쇠라는 거야. 호모사피엔스 사피엔스 시대에 쓰던. 그걸 손으로 툭 건드리면 불이 들어오고 숫자들이 보일 거야. 그러면 2, 2, 5, 7, 9, 6, 8 이 순서로 눌러. 그러면 원통 위의 문이 열려. 그 안에 작은 통이 하나 더 있을 거거든. 그건 따로 번호열쇠가 없어. 대신 조심해야해. 무척 차가울 테니까. 여기 이것들, 조금 무겁겠지만 이 장갑들을 가지고 가. 그걸 끼고 작은 통의 문을 열어. 그리고 천천히, 작은 통을 그대로 둔 채 큰 원통을 바닥으로 눕히면 돼.

민은 시스터가 준 열쇠로 요한의 문을 열고 안으로 들어갔다.

시스터는 그런 걸 어떻게 다 알아? 열쇠는 어디서 났고?

민이 시스터에게 물었었다.

내가 그 정도 힘은 있지. 그 그룹 속에도 생각이 다른 사람들이 많아.

요한은 작은 방이었다. 작은 방 중앙에 시스터가 말한 긴 원통이 있었다. 아담이라는 이름을 달고.

시스터가 직접 하지 그래? 그게 확실하지 않아?

나는 내일 정상 출근을 해야 해. 그걸 모두 봐야 하고. 그리고 회의 준비할 것들이 많아. 네가 산을 헤매고 있을 동안 나도 서류들 속을 헤매고 있지 싶어.

민은 시스터의 판단에 의심을 한 적 없었다. 지금 하고 있는 이 비밀스런 작업도 옳은 일일 것이었다. 해야만 하는 일일 거야. 시스터가 내린 결정이잖아. 그럼에도 아담을 잡은 민의 손은 민 심장의 박동 수만큼 떨렸다. 민은 아담을 잡은 손을 놓았다. 천천히 그리고 깊게 코로 숨을 들이쉬고 내쉬었다. 달이 비추는 것은 어둠이야. 과거가 과거를 쓰다듬는 거지. 민은 집을 나서기 전 시스터가 했던 말을 되뇌며 아담을 다시 잡았고 알려준 대로 번호를 눌렀다. 치익, 소리를 내며 큰 원통의 문이 열렸다. 긴 원통 속 푸르게 빛나는 작은 통이 보였다. 아름다웠다. 지금까지 보지 못했던, 푸르고 맑은 빛에 잠시 정신을 놓고 있던 민이 정신을 차린 것은 원통 속의 한기 때문이었다.

아!

정신을 차린 민이 외마디 감탄사를 내뱉었다. 차갑고 푸르고 맑은 빛은 달과 같았다. 식어버린 반사체, 시스터는 그렇게 말했지만, 민은 이 맑은 빛이 푸르게, 서늘하게 타오르는 듯 느껴졌다. 뜨겁게 타오르든, 차갑게 타오르든 맨손으로 만질 수 없는 것은 마찬가지네. 장갑을 끼면서 민은 혼잣말을 했다.

장갑을 낀 민은 라이트를 입에 물고 원통 속을 비추며 작은 통의 뚜껑을 옆으로 돌렸다. 하얀 연기가 작은 통에서 흘러나왔다.

단장은 루시의 동상에서 열 걸음 정도 떨어진 곳에 멈춰 섰다. 오전 여덟 시 오십 분, 루시의 동상을 보기에 제일 좋은 시간이다. 아침 햇살은 이브를 안고 있는 루시의 팔과 가슴, 이브의 얼굴을 고루 비추고 온화한 바람은 청동의 표면에서 반사된 빛과 함께 단장의 머리칼을 살짝 흔들며 지나간다. 출근하던 몇몇 단원들이 단장의 옆으로 와 인사를 했다. 단장은 오른손을 들어 흔들며 좋은 아침, 이라 크게 말했다.

출근길, 단장은 항상 이 자리에 서서 루시를 본다. 지나온 시대에 대한 존경의 마음, 우리 시대에 대한 감사의 마음을 전하는 단장만의 의식이기도 했지만 단장의 혈관 속에 흐르는 피, 피를 구성하는 세포, 세포 속에 담겨진 유전자가 루시로부터 왔다는 것을 되새기는 시간이기도 했다. 자신뿐만 아니라 그들 모두가 루시의 후손이라는 사실을 잊어서는 안 된다는 것, 단장의 신념이었다.

단장의 신념은 얼핏 보기에는 특별하지 않은, 당연한 것이지만 문장으로는 드러나지 않는 방향성과 소리 내어 되내어야 느낄 수 있는 미묘한 어감까지 감안할 수 있어야 비로소 단장의 신념을 안다 말할 수 있었다. 그럴 수 있는 사람이 몇 안 된다는 것, 단장이 아쉬워하는 부분이기도 했다.

단장의 결정은 대부분 보수적인 쪽이었는데 그럴 때마다 젊은 사무관이나 단원들과 마찰을 빚고는 했다. 하지만 그 결정들은 대부분 합리적인 것이어서 마찰은 마찰로 끝났다. 모든 결정이 보수적인 것은 아니었고 몇몇 결정들은 원안

보다 한발 더 나아간 것이어서 다른 이들을 놀라게 만들기도 했다.

'수정란 생성 시 자율사항 확대 안' 같은 경우 최종 결정권이 있는 위원회의 반대에도 불구하고 끈질기게 설득해 통과시켰다. 그때는 획기적인 진전이라 격찬을 받았다. 수정란 제작시에 사용할 두 개의 생식세포를 선택할 때 피부 및 모발의 색을 특정할 수 있게 한다는 안이 검토단에 올라왔을 때 단장은 원안에 눈동자의 색까지 넣어 위원회에 보고했다. 피부나 모발, 눈동자의 경우 다양한 선호가 공존하기 때문에 특정하여 선택하더라도 구성의 다양함은 여전할 것이고 따라서 차별의 지점이 될 염려는 없다는 것, 종의 유지가 기본이지만 자율의 확대 또한 루시의 시대가 가야 할 방향이라는 것이 위원회를 설득한 논리였다. 실제로 확대 안이 시행된 후 시행 전 위원회가 가졌던 걱정은 기우로 판명되었다. 개체 생성을 결정할 권리를 가진 보호자들 대부분은 개체의 세부 조건들을 특정하는 것을 선택하지 않았다. 그것은 자신들의 권리가 아니라는 것이었다.

가질 수 있으나 가지지 않는 것, 루시의 시대를 관통하는 미덕이었다. 사실 자율, 확대라 이름 붙는 모든 것들은 다수가 아니라 소수를 위한 것이다. 일관되게 무리를 이루어 가는 다수와 조금은 떨어져서 걷는, 혹은 다른 방향으로 걸음을 옮기는 소수는 항상 있으니까. 그대로 인정하고 그저 두는 것, 자율과 확대가 가진 실제적인 의미였다. 굳이 무리 속으로 끌어들이고 집어넣으려 강제하지 않으면 된다.

이어서 올라온 체형이나 신장 등에 대한 안에 있어서는 반대를 했는데 다양성을 훼손할 가능성이 농후하다는 이유였지만 이 안을 두고 단장은 전례 없는 긴 숙려의 시간을 가졌다. 체형이나 신장과 같은 인자에 의해 개인의 인생이 결정되는 것에 대한 고민이었다고, 하지만 루시의 시대에는 체형이나 신장 등의 인자가 개인의 일생을 결정하는 경향이 거의 없거나 미미하다는 판단을 내렸고, 허용할 경우 다양성을 헤치는 측면이 더 클 것이라 생각했다고 어느 인터뷰에서 털어놓았다.

물론 이러한 사고의 깊이나 논리들은 단장 개인의 능력만으로 이루어진 것은 아니어서 그와 함께 하는 단원들과의 지속적인 대화, 토론 속에서 나온 것들이었다. 해서, 몇몇 마찰에도 불구하고 젊은 사무관이나 단원들은 그를 신뢰하고 따랐다.

올해로 그는 단장이 된 지 십오 년째였다. 정치적인 결정, 최종결정을 하는 자리가 아니었기에 결정권자가 바뀌는 동안에도 그는 단장 사무실로 출근할 수 있었다. 하지만 그는 자신의 자리가 정치적인 자리라 생각했다. 또한 그 이유로 언제든 옷을 벗고, 출입증을 내놓을 마음의 준비가 되어 있었지만 십오 년 동안 거쳐 간 결정권자들은 그렇게 생각하지 않는 듯했다. 언제든 바꿀 수 있다는, 최종결정은 자신들이 한다는 생각이 가슴 근처, 머리 언저리에 놓여 있었을 수도 있다.

단장은 커피잔을 손에 들고 창가로 가 블라인드를 손으로 밀었다. 갈참나무 낙엽들 위로 비둘기 떼가 내려앉아 부리로 열심히 도토리를 쪼고 있었다. 대재앙의 시대를 견디고 살아남은 대표적인 종인 조류는 루시의 시대, 한동안 호모 XX들의 주된 단백질 공급원이었다는 이야기를 학창 시절 교과서에서 본 기억이 났다. 루시의 동상 주변에 모여든 방송사와 언론사의 기자들 뒤로 검은 반점을 가진 고양이가 어슬렁거리며 지나갔다. 공회당 앞 광장 바닥에 깔린 태양광 발전판을 밀대로 닦고 있던 인부가 멈춰 섰고 고양이를 보며 뭐라 말하는 것 같았지만 고양이는 들은 채 만 채 제 갈 길을 갔다. 몇 안 되는 옅은 구름이 낀 하늘은 오늘의 전력 수급 상황은 나쁘지 않을 것이라 말해 주고 있었다.

계율처럼 전해지는 루시의 원칙 중 하나는 '저장하지 않는다.'였다. 필수적인 것들, 이를테면 비상 상황에서 사용할 식량과 음용수, 구급약품, 구호물자 등은 공동체의 이름으로 관리, 저장하지만 이외의 사적인 저장, 비축은 금기였다. 전력도 마찬가지, 의료기관과 공동체 관리 시설을 제외한 모든 건물, 공간은 해가 떠 있는 동안에만 전력을 공급받을 수 있었다. 해가 떠오르면 공동체가 깨어났고 해가 지면 침묵하거나 잠이 들었다. 루시는 잉여를 혐오했다.

기자들이 모여든 것은 오늘 오전 회의 후 있을 결과 발표를 취재하기 위해서였다. 연간 수정란 생성 계획을 발표하는 날보다 더 많은 관심이 몰리고 있었다.

회의 삼십 분 전을 알리는 알람이 울렸다. 민은 아직 오지 않았다. 단장은 보고서를 책상위에 놓고 의자를 뒤로 젖혀 기댔다. 눈을 감고 두 눈동자 위를 지그시 눌렀다.

아담이라.

단장은 테이블 위에 놓인 물 잔만 만지작거렸고 제안자와 의장은 그런 단장을 보고 있었다. 단장은 자신을 바라보는 눈길을 느끼고 있었지만 입을 열지 않았다.

-마음에 들지 않는 제안이겠지만 그래도 회의는 해야 하니 뭐라고 한마디 하시지요.

제안자 중 한 명이 먼저 입을 열었다. 회의를 시작한 지 십여 분이 침묵이 흐른 뒤였다.

-마음에 들고 안 들고 하는 것이 있습니까? 단장이나 저는 개별 안건을 호, 불호를 가지고 처리하지 않습니다. 그것만은 분명히 아셨으면 합니다.

의장이 제안자 쪽을 보며 말했다.

-그러면 이야기를 나누어 보도록 하지요. 시작하겠습니다. 단장님. 제가 시작하겠습니다. 그래도 되지요?

의장은 단장을 보며 물었고 단장은 네, 하고 짧게 대답했다.

-목차의 맨 윗줄에 '노아프로젝트'³를 올려놓으신 것은

---

3   '노아 프로젝트'. 루시의 시대 이전에 존재했던 동, 식물 종의 복원을 위한 프로젝트였다. 이 프로젝트에 관한 기록을 살펴보면 반대 의견을 찾을 수 없다. 제기될 수 있는 윤리적인 문제도 없었다. 기꺼이 허락되고 중점으로 삼았던 프로젝트였다. 동, 식물의 복원이라고 했지만 그것은 지구 생태계의 복원을 뜻했다. 어떤 측면에서는 '자연 그대로 둔다.'는 루시의 원칙에 어긋나는 것이었음에도 공동체는 복원을 선택했다. 노아 프로젝트에는 공동체 내의 상당수 연구 인력들이 투입─기록에 의하면 연 인원 일만 명, 1기 사업 기간은 삼십 년이었다. 당시 인구수가 백만 명이었으니 상대적인 규모와 관심도를 추정할 수 있다.─되었고, 프로젝트는 1기, 2기의 형태로 이어져서 현재는 7기, 이 년 후부터는 8기 프로젝트가 진행될 계획이다. 물론 예산과 인력의 규모가 1기만큼은 아니지만 지속적으로 보완, 진행 중이다. 이 프로젝트는 말 그대로 복원을 목적으로 한다. 대멸종의 시대 이전, 호모 사피엔스의 번성이 최고조에 달하던 시기 이전의 자연 환경을 복원하는 것이기 때문에 예전 연구와 기록에 기초해서 암컷과 수컷의 비율을 결정했다. 체세포 복제, 생식 세포를 이용한 수정란 생성, 단일성에서의 무성 생식의 촉진 등 다양한 방법을 사용해 동, 식물─주로 동물─을 복원했고 이를 자연 방사하여 스스로 재생산이 이루어지도록 했다. 특히 생식세포를 이용한 수정란 생성은 다양성을 보장할 수 있는 방법이었다. 사실 이미 '호모 XX 프로젝트'를 통해 효용이 입증된 방식이기도 했다. 다만 하나의 성이 아니라 암컷과 수컷, 모두를 생산하기 위해서는 성별이 다른 개체가 최소한 하나씩은 확보가 되어야 가능하기 때문에 종류에 따라 대멸종 시대 이전의 화석이나 표본이 발견되었을 때 적용할 수 있었다.

의도적인 것이겠지요? 그 다음이 '호모XX프로젝트'[4]인 것
도?

제안자 쪽에 앉아 있던 세 명은 빙긋이 웃으며 말없이 고
개를 끄덕였다.

–이 안이 올라온 것이 벌써 여러 번이지요? 제안서가 점
점 세련돼가는 것 같아요. 그렇지 않아요? 단장님.

의장이 반대쪽에 앉아 있던 단장을 보며 말했다.

–네, 여러 번 올라왔던 안건입니다. 팔 년 전에 처음 제안
이 있었습니다. 그때는 검토단 선에서 불허했었습니다. 이
후에 명칭만 바뀌어서 반복적으로 올라왔던 안건들도 마찬
가지입니다.

팔 년 전, 'Y-linked problem LAB'이라는 연구소에서 'Y
염색체 복제에 대한 실험'을 허가해 줄 것을 요청한 바 있었
다. '노아프로젝트'를 통해 확보되어 있던 기술이었다. 대상

---

4   '호모 XX 프로젝트'는 대재앙의 시기 이후 살아남은 인류가 선택한 길이었다. 살아
남은 이만 일천 이백칠십오 명의 호모 사피엔스 사피엔스 암컷들(루시들)은 자신들의 운명-재
생산을 포함하여-에 대해 깊은 토론과 숙고를 했고 호모 사피엔스 사피엔스의 마지막 기술-
난자와 체세포 혹은 난자와 난자를 이용한 수정란 생산-을 사용하기로 했다. 그리고 이 재생
산 프로젝트를 '호모 XX프로젝트'라 한다. 호모 XX들은 재생산을 스스로 통제할 수 있었다.
그들은 호모 사피엔스 사피엔스의 실수를 되풀이 하고 싶지 않았다. 지구의 생태계와 조화를
이루며 살 수 있는 적정 인구수를 1억 명으로 정했고 사망과 재생산의 균형, 지구 생태계의
복원 정도를 계산하여 순차적으로 인구를 늘여 나갈 계획을 세웠다. 200여 년이 지난 지금
호모 XX의 인구수는 일천만 명이 약간 넘었으며 삼천만 명이 될 즈음 정기적, 전체적으로 평
가하여 적정 목표 인구를 정할 계획을 가지고 있다.

이 무엇이냐의 문제였다. 기술을 발전시킨다는 것, 마지막 재앙의 원인을 찾아내 다음 재앙의 해결책을 모색한다는 명분이었다.

그게 이유가 된다 생각하시는 겁니까? 기술은 이미 차고 넘치지 않습니까?

단장은 팔 년 전 그날 허가 요청서를 발제하러 온 연구소 책임자를 앞에 두고 큰 목소리를 내었었다.

단장님, 단장님 말씀을 이해합니다. 하지만 이미 멸망한 종이라고 해도 왜 멸망했는지는 알아두어야 할 것 아닙니까?

연구소 책임자는 침착하게, 그러나 두 손을 모아 아래위로 흔들며 말했다.

그 재앙을 견뎌냈잖아요, 우리들은. Y들의 운명은 그리 중요하지 않아요. 그저 호기심 많은 이들의 연구 거리 정도인 거지요. 그런 것을 공동체가 지원해야 할 이유는 없는 겁니다. 물론 앞으로 어떤 상황이 닥칠지 예견할 수 없고, 어쩌면 후에 큰 도움이 될 수도 있는 연구라 주장할 수도 있지요. 하지만 제가 보기에 이 연구는 호모 사피엔스 사피엔스의 시대로 되돌아가기 위한 시도에 악용되기 충분하고 또 빌미를 주게 될 겁니다.

연구소 책임자의 침착한 말투에도 불구하고 그날 단장은 목소리를 낮추지 않았다.

그런 의도는 없다, 이런 말 하지 마세요. 실험은 실험으로만 보아달라는 말은 의도에 관계없이 헛소리입니다. 저는 이 요청서에 서명하지 않을 것입니다. 당연히 공회에 올리지 않을 것이고. 실험을 실험으로만 볼 수가 있습니까? 의도가 없는 행동이 어디 있어. 이건 루시의 시대에 대한 도전이야, 루시의 원칙을 정면으로 부정하겠다는 거라고.

단장은 매몰차게 돌아서며 내뱉었다.

이 년 혹은 삼 년 간격으로 이름과 내용을 조금씩 바꾼 실험 허가 요청서가 제출되었다. 그때마다 단장은 요청서를 반려했다. 내용을 더 보충하라는 말도, 이렇게 저렇게 바꾸어보라는 언급도 하지 않았다. 안 되는 것은 안 되는 것이라는, 이제 그만 포기하라는 뜻이었다. 마지막 요청서는 정확히 이 년 삼 개월 전이었다.

—지금까지 검토단 차원에서 반려하던 안건을 이번에는 회의에 올리셨습니다. 다른 상황이 생긴 건가요? 아니면 단장님이 생각을 바꾼 건가요?

의장이 단장을 보며 물었다. 단장은 컵을 들어 한 모금 물을 마신 후 컵을 내려놓았고 의자를 테이블 쪽으로 당겨 앉았다.

-으으흠……

단장이 답하려던 순간 제안자 중 한 명이 먼저 말을 했다.

-올해 초 한 가지 발견이 있었습니다. 마음에 들지 않으셨겠지만 어쩔 수 없이 단장께서 사인을 했던 사안이었지요. 호모사피엔스 사피엔스 시대의 유적에 관한 조사안이었습니다. 그 당시의 연구소로 추정되는 곳이었습니다. 그 현장에서 여전히 기능을 하고 있는 냉동질소탱크가 발견되었습니다. 탱크 속에 보관되어 있던 것은 호모 XY의 생식세포였구요. 소문이 사실로 드러난…….

마지막 재앙[5]의 시기 생식능력을 잃은 마지막 수컷이 숨을 거두었을 때 호모 사피엔스 사피엔스는 그의 생식세포를 따로 떼어내 동결보관을 했다는 소문이 있었다. 파괴했다, 폐기되었다, 아니다 어딘가에서 보관 중이다 등 많은 이야기들이 오갔지만 공동체 내에서 관심을 끌지 못했다. 어딘가에 있다 하더라도 이백여 년이 지났으니 특별한 조치

---

5   재앙의 틈바구니에서 살아남은 호모 사피엔스 사피엔스들 사이에 마지막 재앙이 돌았다. 그들이 자랑하던 과학 기술이 만들어낸 재앙이었다. 호모 사피엔스 사피엔스의 수컷들이 사라지기 시작했다. 변종 바이러스, GMO 식품들에 의한 유전자의 변이, 후성유전체-특히 메틸레이션-의 발현 이상, 생식세포 감수 분열 실패 등 많은 원인들이 제기되었지만 정확한 원인은 찾을 수 없었다. 원인은 중요하지 않다. 중요한 것은 결과. 원인에 관계없이 호모 사피엔스의 수컷들은 사라져 갔고 수컷은 더 이상 태어나지 않았다.

가 취해지지 않았다면 변질되거나 부패해서 사용할 수 없을 것이라 여겼다. 굳이 찾으려는 시도도 없었다. 루시의 시대에는 의미 없는 이야기였다. 그런데 호모 XY의 생식세포가 발견되었다. 화석이나 오래된 시체로부터 뽑아낸 생식세포를 이용하여 염색체 재조합을 거쳐 만들어내는 생식세포가 아니라 자연 그대로의 Y염색체는 사람들의 호기심을 끌기에 충분했다. 호기심은 다시 호모 사피엔스 사피엔스 시대에 대한 호기심으로 이어졌고 호기심과 호기심들이 뭉쳐져 여론으로 나타났다.

그리고 이번에 다시 'Y염색체를 사용한 수정란 생성에 대한 제한적 허용 안'이라는 이름으로 제출되었다. 이번에는 그 전과는 상황이 달랐다. 수 회의 반려와 거부의 과정을 거치는 동안 대다수의 공동체 구성원들 사이에서는 잊히거나 가능하지 않은 이야기로 치부되었지만 그들, 첫 실험을 요청했던 그룹과 그들을 지지하는 이들은 외연적으로 확장되었고 내면적으로는 깊이를 더해가고 있었다. 실험과 호기심에서 신념으로 변해갔다.

─잠시만요. 그건 나도, 의장님도, 우리 모두 알고 있는 일입니다. 공동체 내에서 제법 흥미를 끌고 있다는 것도. 하지만 그 발견이 그동안의 저의 태도, 엄밀히 말하자면 우리의

입장을 바꾸어야 할 만큼의 의미가 있는 것은 아닙니다.

　제안자의 말이 채 끝나기도 전 단장이 불쑥 끼어들었다. 제안자는 의장을 쳐다보았지만 의장은 살짝 두 손을 들어 보일 뿐이었다. 단장은 계속 말을 이었다.

　-지금 올라온 안은 단순한 실험이 아닙니다. 이 실험은 과거로 돌아가자는 뜻을 대놓고 드러내는 시도입니다. 일개 종교단체가 주장하는 것은 자유이지만 공동체 모두가 그것에 동조할 수는 없습니다.

　태초에 하나님이 만든 두 존재, 남성과 여성이라는 성별을 복원해야 한다는 크리스챤 원리주의자들이 그들의 든든한 배경이었다. 'Y염색체를 사용한 수정란 생성에 대한 제한적 허용 안'을 제출했던 이들은 스스로를 '자연의 Y그룹'이라 칭했고, 과거 대재앙의 시기 즈음에 호모 사피엔스 사피엔스들 사이에 인기가 있었다는, 당시 어느 도시의 약자를 사용한 디자인 'I LOVE NY'을 프린팅한 모자와 티셔츠를 그들과 그들을 지지하는 호모 XT들의 표식으로 삼았다. 노아 프로젝트를 통해 복원된 생태계는 그들의 근거가 되었다. 암컷과 수컷이 함께 하는 모든 다른 종들이 그들의 우군이었다. 그들의 슬로건은 이랬다.

　'루시의 원칙대로, 자연 그대로, Natural Y, I LOVE NY'

단장은 '자연 그대로 둔다'는 루시의 원칙이 태생적으로 내포된 모순을 가지고 있다고 생각하고 있었다. 그대로 둔다는 원칙과 의지, 그로 비롯된 행위 자체가 이미 그대로 두는 것이 아니지는 않은지, 변화하는 것과 흘러가는 상황을 인위적이거나 의도적인 행위로 막거나 조절하지 않겠다는 뜻이라면 환경의 변화에 적응하고 현재를 넘어서기 위한 개별 종과 개별 개체의 의지와 행동은 어떻게 바라볼 것인지, 그 개별 종과 개별 개체가 호모 XX이고 우리 공동체 내의 개체라면 그것을 자연 그대로의 상황이라 볼 것인지 아니면 자연 그대로에 반하는 것이라 볼 것인지, 등등.

대재앙의 시대 이전에 이미 재앙의 시대였다는 루시의 증언이 남아 있다. 호모 사피엔스 사피엔스라는 이름으로 공생하던 호모 XX와 호모 XY가 생산력의 증대와 가치의 축적이라는 방향으로 지구 전체를 개조하려 했다. 그 결과 호모 사피엔스 사피엔스는 자신들만의 지구를 쟁취했으나 또한 지구에는 그들이 아닌 어느 것도 남아 있지 않았다는, 그제야 개인이 아닌 종으로서의 외로움, 고독감으로 서서히 미쳐갔다는 시대. 그런데 그 시대 호모 사피엔스 사피엔스의 의지와 행동들은 '자연 그대로'가 아닌 것인가? 호모 사피엔스의 시대를 종결시킨 대재앙의 시대는 자연 그대로가 아닌가? 살아남은 루시로부터 시작된 루시의 시대는 무엇인가? 아무것도 하지 않는 것, 오로지 생존을 위한 행위만 하는 것, 그것이 자연 그대로인가? 생존을 위한 행위는 어디까지인가?

다시는 호모 사피엔스 사피엔스와 같은 우를 범하지 말라는 뜻을 전하고자 '자연 그대로 둔다.'라는 루시의 원칙을 만들었겠지만 단장은 종의 의지와 행동을 어떻게 볼 것인가에 대한 고민을 지울 수가 없었다. 자신이 루시였다면, 대재앙의 시대 이후 남겨진 몇 안 되는 호모 XX 중 한 명이었다면 어떤 선택을 했을까?

단장은 자신의 고민에 대한 답을 찾기 전에는 어떤 시도도, 결론도 허용할 수 없었다. 민이 답을 가지고 올 것이었다. 민을 기다려야 했다.

제안자와 단장 사이에 설전이 이어졌다. 어느 순간부터는 같은 이야기가 지루하게 반복되고 있었다. 호모 XY의 멸종에 대한 연구가 있어야 호모 XX의 지속을 지켜낼 수 있다 주장하는 제안자의 말을 단장은 귓등으로 흘리며 시계를 보았다. 열한 시 오십 분이었다.

-의장님 점심 식사도 할 겸 조금 쉬었다 하는 것이 어떻겠습니까?

단장은 제안자의 말을 끊었다. 제안자는 한숨을 내쉬었고 의장은 한 시간 후에 회의를 속개하겠다고 했다. 테이블 위의 서류를 정리하고 자리에서 일어난 의장이 단장에게로 왔다.

-단장님, 오늘 좀 이상하시네.

바닥으로 눕힌 뒤 그대로 두고 나오면 돼. 그것으로도 충분하지만 좀 더 할 수 있으면 안에 있는 것들을 꺼내 산 어딘가, 네가 던지고 싶은 곳에 던져버리면 더 좋고.

시스터는 무심한 듯 말했지만 표정은 달랐다. 던져버리면 더 좋다는 말을 할 때 시스터의 검은 눈은 반짝였다.

그런데 그렇게 중요한 물건을 그렇게 허술하게 뒀단 말이야? 그 사람들이?

생각보다 순진한 녀석들이야. 그리고 겁도 많아. 그 조건으로 수백 년 보존돼오던 것을 괜히 손을 댔다가 상하게, 망치게 될지도 모른다고 생각하는 것 같아. 그리고 그 문을 여는 것 자체가 지금은 불법이야. 허가가 나야 손을 댈 수 있어. 사실, 열어보면 이미 상해있을지도 몰라. 겉만 온전한 채로 말이야. 하지만 그러길 기대하면서 가만히 있을 수는 없어. 나쁜 녀석들은 아니야. 착한 녀석들이지. 하지만 착한 녀석들이 한다고 해서 다 옳은 일은 아니지. 오히려 어리석은 일을 벌일 때가 많아.

시스터는 녀석들에게 적개감을 갖고 있는 것 같지 않았다. 다만 녀석들이 자기들이 하려고 하는 일이 무슨 의미인지, 어떤 상황으로 이어질지 모르고 있다고 믿고 있는 듯했다.

시스터가 하려는 일, 지금 내가 해야 하는 일, 옳은 일이겠지? 민은 스스로에게 되물었다.

그럴 것이면 네안데르탈인은? 크로마뇽인은? 그것들은 왜 깨우지 않는 건데? 공룡은 또 어떻고? 그게 말이 되는 일이야?

시스터가 했던 말이 민의 귓가를 맴돌았다.

단장의 신념을 안다 말할 수 있는 몇 안 되는 단원 중 한 명이 민이었다. 단장의 딸이기도 했다. 삼십 년 전 단장은 파트너의 난자와 자신의 난자로 만든 수정란을 자궁에 착상시켰다. 열 달이 지난 후 민을 낳았다. 단장의 파트너가 민을 받았고 탯줄을 끊었다. 땀으로 흥건히 젖은 머리칼을 손으로 걷어내며 받아 안은 민의 눈동자는 검었다. 단장의 눈동자와 같은 색. 오, 루시, 어머니. 단장은 짧은 탄성과 함께 몇 마디 중얼거리다 정신을 잃었고, 다시 정신을 차렸을 때 단장과 눈이 마주친 민은 배시시 웃었고 왼손으로 단장의 엄지손가락을 굳게 감쌌다. 단장은 민의 롤모델이었다. 그리고 스스로의 능력으로 단장의 단원이 되었다. 단장이 가장 믿는 단원.

민은 아담 속 작은 통을 열어둔 채 한동안 그대로 있었다. 의자 위에 올려놓은 손전등이 비추는 벽면을 보았다. 벽면에는 '자연 그대로'라는 문구가 붙여져 있었다.

얼마 전, 자연 그대로라는 모순된 원칙에 대해 어떻게 생각하느냐, 단장이 물었다.

이번 제안이 올라오기 전부터, 민이 단장과 대화를 나눌 만한 지적 능력이 된 이후로 여러 번 단장으로부터 들었던 주제였다. 일방적인 설명이었던 그전과는 달리 이번에는 질문이었다. 민의 의견을 묻고 있었다. 민은 이렇게 대답했다.

노아 프로젝트는요? 호모 XX 프로젝트는요? 그 프로젝트를 시작했던 분들은 어떤 생각을 했을까요? 노아 프로젝트는 그렇다 치고 호모 XX 프로젝트를 시작할 때 루시들은 어땠을까요? 그들 모두 같은 생각이었을까요? 모두 같은 생각이었으면 옳은 것인가요? 그 결정은 잘 한 것인가요? 잘못된 것이었나요? 시스터, 지금 우리는 그 결정들 위에 서 있잖아요. 모든 과거는 판단의 대상이 되죠. 판단은 현재의 존재가 하는 것이고. 시스터와 나, 우리들. 현재는, 현재는 투쟁의 대상인 거죠, 지금처럼. 시스터가 말했던 것, 현재에 남으려는 의지와 변화하려는 의지가 서로 맞붙는 거죠. 그게 자연 그대로인 것이고. 저는 시스터가 그 모순에 대해 그만 생각했으면 좋겠어요. 어느 쪽이든 가서 서세요. 그리고 최선을 다하는 거죠. 지든 이기든 결론이 나겠죠. 판단은, 판단은 미래의 몫이고. 이제는 시스터가 어느 쪽에 설지를 결정해야 하는 시점이 온 것 같아요. 지금이겠죠. 내일이나 모레나, 아무튼 지금.

민의 대답을 듣고 난 후 시스터가 민에게 다시 물었었다.

너는, 너는 어느 쪽이야?

저요? 저는, 음. 아마도 그 문제가 제 앞에 들이닥쳐야 알 것 같아요. 어느 쪽이든 결정해야 하는 순간이 오겠죠. 지금은 잘 모르겠지만, 분명한 건 그 순간이 오면 어정쩡하게 망설이고 있지는 않을 거라는 거예요.

민은 아담 속 작은 통을 다시 들여다보았다. 지금이 그 순간이었다.

막 떠오른 태양의 빛이 세상을 비추고 있었다. 시스터가 말한 것처럼 그것은 분명 따듯한 온기를 품고 있었고 밝은 것들을 더욱 밝게 만드는 듯했다. 오늘도 시간이 지나면 어둠이 될 것이고 달은 그 어둠을 비추겠지만 그것은 내일이 감당해야 할 문제였다. 우리의 역할은 지난 어둠을 상대하는 것이지, 오늘의 어둠은 내일의 몫이고. 그런데 내일은, 내일은 어떻게 될까? 시스터가 내게 시켰던 일들은? 시간 속의 한 점 같은 그런 일들이 모여 역사를 이루는 건가? 지난밤의 나는 내일에 아무 책임이 없을까? 나도 내일의 하나인가? 내가 내일을 결정한 건가? 민은 이런 생각을 하다 문득 내려오는 길 누군가와 마주쳤는지, 누군가가 옆으로 지나갔었는지 알지 못한다는 것을 깨달았다. 누군가 보았다면? 어쩔 수 없지. 그것도 받아들여야겠지. 민은 집으로 향했다.

단장은 방으로 돌아와 소파에 몸을 기댔다. 누군가의 말을 끊는 것, 소리 높여 말하는 것이 상대방에게 큰 무례라는 것을 모르는 바 아니었다. 하지만 이번에는 그렇게 해야 했다. 민이 가지고 올 답을 들을 때까지는 어떤 것도 결정할 수 없었다.

민이 단장의 방으로 들어왔다. 집에 들렀다 온 모양이었다. 일러준 대로 옷을 갈아입고 왔지만 밤새 산을 헤매고 돌아니던 탓인지 민은 피곤해보였다. 단장은 내려놓은 커피를 잔에 따라 민에게 건넸다. 단장실 소파에 마주 앉은 단장과 민은 잠시 이야기를 나누었다. 단장은 자리에서 일어나 민의 어깨를 토닥였고 고개를 끄덕였다.

단장이 회의실에 들어섰다. 먼저 들어와 앉아 있던 민을 포함한 단원들과 결정권자가 일제히 고개를 돌려 단장을 보았다. 제안자들은 지난밤의 일에 대해 들은 바 없는 듯했다. 그들은 여전히 -이번에 또다시 거부된다 할지라도- 시간은 자기편이라 생각하고 있는 것 같았다. 입꼬리를 살짝 올린 미소와 맑은 눈으로 서로를, 단장을 번갈아 보고 있었다. 민은 그들의 밝은 얼굴이 지난밤 어둠을 비추던 달의 서늘함과 오늘 아침 태양의 따듯함 중 어느 쪽에 더욱 가까운지 가늠할 수 없었다.

단장은 서류를 테이블에 놓은 뒤 자기 자리에 앉았다. 음, 음, 헛기침을 내뱉은 뒤 의장이 물었다.

단장님, 식사는 잘하셨습니까? 그래, 쉬시면서 생각을 좀 해보았습니까? 똑같은 주장만 되풀이 되는데 이제 그만 결정을 하는 것이 맞을 것 같습니다. 마지막으로 양쪽에서 의견을 듣고 결정하려고 합니다. 단장님이 오기 전에 제안자들의 의견을 들었습니다. 단장님이 지루해하실 것 같아서 제가 단장님이 없어도 진행하자고 했습니다. 이제 단장님 의견을 들을 차례입니다. 검토 결과는 어떤가요? 제게 어떤 선택을 권할 것입니까?

단장은 천천히 주위를 둘러보다 민에게 가서 잠깐 시선을 멈췄다. 그리고 곧 의장을 보며 입을 열었다.

요청서가 접수된 날부터 지금까지 많은 고민을 했습니다. 먼저 한 가지 명확히 해두고자 합니다. 우리들의 어머니 루시께서 선언하셨던 것, 우리는 우리를 호모 XX라 명명한다, 우리는 오스트랄로피테쿠스로부터 호모 하빌리스, 호모 에렉투스, 호모 사피엔스, 호모 사피엔스 사피엔스로 이어진 인류사에 새롭게 나타난 종으로 스스로를 인식한다, 라는 선언은 변하지 않을 것입니다. 이 명확한 선언에도 불구하고 지난 육 개월 동안 저는 무척 많은 고민을 할 수밖에 없었습니다. 저의 결론은……

으르렁을 찾아서

안녕. 잘 지내지? 라고 인사를 건네야 할 텐데 그러질 못하겠어. 네가 잘 지낸다는, 그런 소식을 전해 들었다면 그렇게 했을 거야. 그런데 너에 대해 들은 것이 없네. 그래서 이렇게 시작하려고.

잘 살아야 해. 보란 듯이 잘 살아줬으면 해.

서랍 한 칸을 가득 채우고 있는 엽서들 때문이야. 종이 쓰레기로 내다 놓기에는 아까운 엽서들이지. 디자인이 예쁘기도 하고 한 장 한 장 사연들이 있거든. 말과 마음을 쓰고 담아 어디든 보내야 한다고 생각했어. 너에게 꼭 해야 할 말이 있어서, 너에게 전할 마음이 있어서 엽서를 쓴 것은 아니야.

실망했니? 그건 아니지? 엽서를 받을 첫 상대가 너라는 게 조금은 위로가 될까?

G는 쓰고 있던 엽서를 두 손으로 잡아들고 한참을 보다 의자에서 일어났다. 책장으로 가 책장 맨 아래 칸에서 다이어리를 꺼냈고 책상으로 돌아와 앉았다. 엽서를 왼편에 올려두고 다이어리를 펼쳤다.

다이어리를 가지고 왔어. 작년 다이어리. 재작년 연말에 받은 것인데 한 번 열어보지도 않았지. 그런 다이어리가 몇 개는 더 있을 거야. 너도 그렇지?

작년 한 해도 그랬어. 제대로 한 번 들여다보지 못했지. 그렇지 않아? 계획을 세울 수도 없었고 어디론가 떠나지도 못했어. 누군가를 만날 약속도 잡지 못했지. 인생 중 팔십 분의 일 혹은 구십 분의 일이 사라졌어. 그래, 작년은 그랬어. 아무튼.

하고 싶은 말이 많아. 문자와 단어, 문장들, 그리고 마음. 안부를 묻고 만남을 기약하는 틈 두세 줄 정도로 충분할까. 엽서 한 장이 감당할 수 있을까. 그래서 다이어리에 쓰려고. 편지? 편지지가 없어. 나만 이런 것 아니지? 요즘 편지지와 편지봉투를 서랍이나 책상 위, 책장에 두는 집이 있나.

이미 쓴 엽서는 다이어리 맨 앞장에 붙여 놓을게. 다시 베껴 쓰고 싶지 않아. 이해해 줄 거지? 엽서를 붙이고 남은 여백에 이렇게 써둘 거야.

이 다이어리에 적힌 것들은 일 년 후에 쓰인 것들임.

10년, 20년 시간이 흐르는 동안 네가 이 다이어리를 다시 보게 되는 날이 언젠가 하루는 있을 거잖아. 그런데 네 기억이 정확하지 않다면 내가 언제 쓴 것인지 내가 언제 네게 보냈는지 너는 언제 이 다이어리를 받았는지 헷갈릴 수 있으니까. 그럴 때 저 문장이 도움이 되지 않겠니. 아닌가. 오히려 더 헷갈리려나? 네가 아닌 다른 사람이 이 다이어리를 보게 된다면 예언서라 오해하게 될까?

G는 고개를 들고 기지개를 켰다. 창밖으로 사람들이 보였다. 어른 세 명과 어린아이 한 명이 앞뒤로 팔을 흔들며 느티나무를 지나쳤다. 검정색 패딩과 분홍 외투가 짙은 갈색의 낙엽 위를 스치는 사이 자전거와 배달 오토바이가 앞을 가로질렀다. 그들은 멈칫하지 않고 걸었다.

G는 다시 연필을 잡았다.

비가 그쳤어. 어젯밤부터 내린 비였어. 비는 햇살에 묻은 먼지도 씻어낼 수 있나 봐. 분명해. 비 온 뒤의 햇살을 보면 알 수 있지. 햇살이 맑아. 맑은 햇살. 아무튼.

다이어리를 펼치고 편지를 써보니 막상 할 이야기가 없는 듯해. 아니, 할 이야기는 많은데 네가 별로 좋아하지 않을 것 같아. 여러 곳의 학원을 다니고 늦은 시간까지 인터넷 강의를 듣느라 아이들이 힘들다는 이야기, 아이의 학교에 맞춰 이사 온 새 집의 문틀이 삐걱대고 안방 화장실 배수구에서 역한 냄새가 올라온다는 이야기, 근무 시간이 점점 줄어 시간의 여유가 생긴 듯하지만 여전히 바쁘고 그런데 왜 바쁜지 도통 알 수 없고 잠자리에 드는 시간은 똑같다는 이야기, 아파트값이 올라 좋겠다며 축하의 말을 전했더니 어디를 가든 집 한 채 값이라 의미 없다는 서울 사는 동생의 이야기를 듣고 싶지는 않을 것 아니니. 그렇다고 이쯤에서 다이어리를 덮을 수는 없지. 이대로 네게 보내고 싶지는 않아. 그해 그 계절 이후 처음 찾아온 기회거든. 나눌 이야기가 없다고 자리를 박차고 일어날 수는 없지. 가능한 오래 너와 마주하고 싶어.

뭘 적을까. 고민을 하다 예전의 너를 떠올렸어. 한창 좋았던 시절, 하루의 대부분을 함께 했던 시절, 함께 한다면 무슨 일이든 해낼 수 있다 자신하던 시절의 너를 말이야. 그 기억에 잠시 머물렀는데 곧 계절이 밀고 들어왔어. 네가 떠나간 계절. 가을이었는지 봄이었는지 모르겠어. 덥지도 않고 춥지도 않은. 외투 없이 긴 팔 웃옷만 입고 다니던 사람들이 그려져. 그 계절에 나는 하루 종일 땀을 흘렸고 밤이 되면 온몸을 벌벌 떨며 이불을 뒤집어썼어. 돌돌 말아 넣은 몸뚱이 사이로 끙끙 신음 소리를 내고는 했지. 몸살을 오랫동안 그리고 심하게 했었나 봐. 너는 알 수 없었겠지. 가버린 뒤였으니, 아무도 알려주지 않았을 테니. 알았다면, 소식을 들었다면 어디에서든 달려와 내 옆을 지켰을 너인데 말이야.

방금 재밌는, 아니 재밌을 것 같은 이야기가 떠올랐어. 그 이야기를 해볼까 해. 들어줄 거지? 듣게 될 거야. 마지막에는 소리 내어 웃을지도.

이야기는 한 아이의 말로 시작해.

―찾으러 가자.

엄밀하게 구분하자면 아이라고 할 수는 없어. 이미 이 아이는 어른들이 하는 만큼의 몫을 하고 있으니까. 사냥을 하러 가든, 물고기를 잡으러 가든 데리고 다닐 만큼 컸지. 그저 데리고 다니는 정도가 아니야. 야생 닭을 몰아오고 그물을 걷어 올리고. 누구나 하는 일을 하고 있지. 자기 몫의 일을 한다는 건 자기 몫의 발언권이 있다는 뜻이지. 발언권, 말을 할 수 있는 권리. 누군가에게는 말을 들어줘야하는 의무가 되지. 한 어른이 아이의 말을 들었어. 그리고 물었지.

-뭘?

그래, 여기서 잠깐 정하고 넘어가야 할 것이 있어. 아이니 어른이니 하는 단어를 반복하자니 뭔가 거슬리는 듯해. 그렇다고 이름을 붙일 수는 없어. 나는 그들을 잘 알지 못하니까. 그래서 아이는 Child의 C, 어른은 Adult의 A로 부를게. 특별히 영어를 좋아하는 것은 아니야. 아이, 어른 이런 호칭 자체에 붙어있는 어떤 느낌, 어떤 태도를 피하고 싶을 뿐이야. 아이의 '아', 어른의 '어' 이런 식으로 떼어 부를 수는 없으니까. 알았지? 아이는 C, 어른은 A.

동굴 입구 바로 안쪽에 앉아 달을 보던 A였어. 달을 보고 있었던 건지 그저 멍하니 어둠을 보고 있었던 건지 확실하지 않아. 뭘 하고 있는지 묻지 못했으니까. 아마 달이었을 거야. 어둠을 보고 싶었다면 동굴 안쪽을 보는 게 더 나았을 테니까. 동굴 바깥의 어둠이 동굴 안의 어둠보다 더 깊지는 않을 테니까. 그믐달이 뜬 날, 구름이 가득한 날, 비가 오는 날에는 안이냐 밖이냐 구별할 수 없지만 말이지. 오른쪽 무릎에 크고 깊은 흉터가 있었어. 구름이 낮게 깔린 날이면 모두 그 A의 입을 보았어. 뭐라 한마디 말해주길 기다렸지. 내일 비가 오겠어, 많이 올 것 같아, 이런 말들.

그래, 이제 정해야겠지. 무릎에 크고 깊은 흉터가 있는 A, 이렇게 계속 부를 수는 없으니까 말이야. 음, S라 부를게. 흉터가 영어로는 Scar 잖아. 그 앞 자를 땄어. 흉터의 '흉'을 혹은 'ㅎ'을 따올 수도 있지만 뭔가 어색하니까. 아무튼.

-뭘?

S가 다시 물었지. 동굴 안에 있던 수십 개의 눈들이 C를 향했어. 그럴 만도 한 것이 무료함인지 긴장인지 알 수 없는 것이 동굴을 가득, 게다가 아주 무겁게 채우고 있었거든. 서로 더듬거나 쳐다보거나 눈을 감고 있을 뿐이었지. 입을 열어 말을 하는 사람, 소리를 내는 사람은 없었어. C가 말을 하기 전까지는 말이야. 그러니까 지금 모든 눈들이 C를 향한 것은 이상한 일이 아니지. 참, 그래. 내가 이야기의 배경이 언제인지 말해 주지 않았지. 일만 년 전 혹은 이만 년 전의 이야기야. 일만 년 전인지 이만 년 전인지 숫자는 중요하지 않지. 그저 아주 오랜 옛날 선사시대라 상상하면 될 것같아. 십만 년 전이라도 문제될 것은 없어. 크게 다르겠어?

아무튼.

C가 대답했지.

-으르렁.

동굴 안이 소란스러워졌어. 소란스럽기는 한데 그렇다고
명확하게 들리는 말은 없었어. 혼잣말이거나 쌍으로 소곤거
리는 말들로 동굴 안이 가득했지. 다들 작게 말했겠지만 동
굴은 울림통 같았지. 으르렁? 으르렁! 으르렁을 찾는다고?
으르렁을 찾으러 가자네. 동굴 안 어딘가에서 무언가 어르
렁 거리고 있는 것 같았지. 달을 보던 S가 몸을 움직여 동굴
안으로 들어오려 했어. C의 뒷말을 듣고 싶어서였을 거야.
어르렁 소리들이 울려서 다른 소리가 잘 들리지 않았거든.
그런데 아무도 길을 내어 주지 않는 거야.

-맨 바깥에 있고 싶지 않다고!

S 다음으로 동굴의 입구에 가까이 있던 사람이 소리를 지
르며 S의 무릎을 손으로 잡았어. S는 힘껏 다리를 들어 올리
며 말했지.

-원래 네가 맨 바깥이었어. 네 차례잖아.

S는 C의 곁으로 와 뭉툭하게 솟아오른 바위 위에 앉았어.

-으르렁을 찾으러 가자고?

-응. 찾아서 데리고 와야 하는 것 아니야?

C가 왜 반말을 하는지 궁금하지. 높임말이 없어서 그래. 누가 누구를 높인다는 게 뭔지 몰라서 그래. 그렇지 않을까? 그 시절엔 그럴 것 같지 않아? 높임말이 없으니 반말이라는 것도 없지. 그저 말일 뿐이지. 저렇게 대답을 해도 기분 나빠하는 A는 없었을 거야. 있는데 안 쓰는 것이 아니니까. 아무튼.

S와 C의 대화에 한 명이 끼어들었어. H라 부를게. Heroine 혹은 Hero의 H이거나 Hair의 H. Hearing의 H일 수도 있어. 무리 중 가장 귀가 밝은 A이기도 했거든. 아무튼.

H가 말했어.

—으르렁 때문에 죽고 다친 사람이 얼만데, 그 녀석을 찾으러 가자고? 찾아 데리고 오자고?

C가 대답했지.

—으르렁 때문에 죽고 다친 사람이 얼만데? 몇 명인데? 나는 잘 모르겠는데.

C의 대답에 H는 잠깐 머뭇거렸어. 으르렁 때문에 죽거나 다친 사람을 기억해 내느라 잠깐 생각을 해야 했지.

—거 왜 있잖아. 동굴 밖을 살피고 오겠다며 나갔다가 돌아오지 않은, 다리 하나만 발견된.

—그건 송곳니가 물어 간 거잖아.

C 대신 S가 대답을 했어. H는 S를 힐끗 쳐다보았지. S는 무릎을 손으로 주무르며 말했어.

－걔는 나가지 말라 했는데 굳이 나가 본 거잖아. 또 있지. 여기 있다가는 으르렁 때문에 잡아먹힐 거라며 나갔던 녀석. 결국 머리만 남겨져 굴러다니던 녀석 말이야. 둘 다 동굴에서 한참 떨어진 숲에서 당했지. 으르렁이 가지 않고 버틴 이틀 동안 벌어진 일이었지, 아마. 정작 으르렁과 함께 동굴에 있었던 우리는 별일 없었잖아. 으르렁이 가기 전까지는.

H가 더듬거렸지.

－그, 그, 그거야, 우리가 조심해서 그런 거지. 우리가 겁먹고 겁먹은 만큼 동굴 안에 모여 있었으니까 그런 거지. 그래서 어쩌자고? 으르렁을 다시 데리고 오자고? 지금 으르렁이 왜 필요한데?

무슨 말인지, 무슨 일이 있었던 것인지 궁금하지? 이야기해줄게. 무슨 일이 있었냐면 말이야. 한 달 전 즈음이었어. 한 달이라고 하자. 한 달인 줄 어떻게 아냐고? 그 일이 있고 난 후 송곳니가 네 명을 물고 갔거든. 한 명이 일주일이라 치면 네 명이니까 4주, 4주면 한 달. 그럴듯하지 않아? 왜 한 명이 일주일이냐고? 송곳니가 일주일을 견디는 데 사람

한 명이면 충분하지 않았을까 싶어서. 송곳니는 뭐냐고? 맹수. 아래턱을 타고 내려와 목의 중간 즈음에서 살짝 안으로 휘어진, 일단 한번 물면 문 녀석이나 물린 녀석 중 어느 한 쪽이 죽어야 뺄 수 있을 것 같은, 몸 안의 장기 어느 것 하나 온전하게 남겨놓지 않겠다는 살의로 가득한 송곳니. 그런 송곳니를 가진 맹수 말이야. 상상이 가지? 어디선가 한번은 보았을 거야. 지금이야 뭐든 이름을 붙였겠지만 일만 년, 이만 년 전에는 송곳니, 이렇게 불렀을 것 같아서. 아무튼.

한 달 하고도 이틀 전 즈음 어느 저녁 누군가 으르렁에게 소리를 쳤지. 좀, 좀 조용히 하라고. 너 때문에 송곳니가 동굴을 찾아오는 거라고. 왜 그랬을까? 처음 듣는 것도 아니었을 텐데. 누구도 으르렁에게 그렇게 말한 적 없었거든. 으르렁이 갑자기 나타난 것도 아니고 무리의 한 명이었으니까. 예전부터 쭉 같이 다녔던. 사실 예전부터라고 말하기는 조금 그렇지만 같이 다닌 지 최소한 육 개월은 지났을 건데 말이야. 같이 사냥하고 같이 먹고 같이 뒹굴었는데. 그런데 그날 저녁 누군가가 으르렁에게 소리를 친 거야. 사실 그전까지는 으르렁이라는 이름도 없었어. 그러고 보니 덕분에 이름이 생겼네. 으르렁.

한동안 비가 오지 않았어. 게다가 여름이었거든. 개울이 마르고 웅덩이가 마르고 나무와 풀들이 말라갔지. 사람들도 말라갔어. 축 처진 몸뚱이를 끌고 뭘 할 수 있겠어. 동굴 안으로 모여들었어. 동굴 안은 바깥보다는 시원했고 약간은 습했으니까. 하염없이 동굴 바깥만 내다보았어. 가끔 마른 하늘을 올려다보기는 했지. 어둠이 내리면 졸다 깨다를 반복했고. 좋은 때였으면 짝이 맞는 대로 엉덩이를 들썩거리며 무언가를 했겠지. 하지만 좋은 때가 아니었어.

그러니까 그날은 힘 빠진 몸뚱이들이 동굴에 모여 있던 어느 여름날 밤이었던 거지. 어김없이 찾아온 열대야가 모두의 목구멍을 간지럽히는 그런 여름날 밤 말이야. 목이 말라도 마실 물이 없는, 말라붙은 땀을 씻어낼 수 없는, 먹은 것이라고는 풀뿌리 몇 개와 벌레들 몇 마리. 아마 그래서였을 거야. 그래서 으르렁에게 소리를 친 걸 거야. 지금을 사는 우리도 그렇잖아. 별것 아닌데 하필이면 상황이 그래서 누군가에게 밑도 끝도 없이 소리를 치잖아. 밑도 끝도 없으면 대응하기도 힘들어. 그냥 혼란스럽지. 밑도 끝도 없는 비난이 부당하다는 것 깨달을 즈음이면 모두들 아무 일 없었다는 듯 다른 곳을 보고 다른 일을 하고는 하잖아.

누군가 으르렁에게 소리를 치기 전까지는 으르렁은 으르렁이 아니었지. 무리의 한 명일 뿐이었어. 대부분이 그렇듯이 아비가 누구인지 몰랐지. 네 아비가 누구냐? 이렇게 묻는 이는 없었어. 어미는? 쟤 어미가 누구야? 수군거렸지. 글쎄, 누구의 아이(이 대목에서는 C보다는 '아이'가 적당해 보여)였지? 그러고 보니 쟤 언제부터 여기 있었던 거지? 어미가 누구인지 중요한 적 없었어. 그런데 그날은 어미가 누구인지 중요했어. 자신의 어미가 누구였는지 어찌 되었는지, 자신의 아이들은 어디에 있고 어떻게 컸는지 기억을 떠올렸어. 모두들 어미 곁으로 모여들었어. 아비들? 아비들도 결국 누군가의 아이였으니까 어미의 곁으로 갔지. 몇몇은 홀로 있었어. 어미가 살아 있지 않는 경우도 있었으니까. 어미가 없는 몇몇은 이리저리 기웃거리다 어미들 무리에 발을 넣으려 했지. 어미들은 잠깐 망설이다 두 팔을 벌렸고 어미가 없는 몇몇은 그 안으로 들어갔어.

으르렁? 누구도 으르렁을 받아주지 않았어. 아니다, 있었다. 어미 한 명이 으르렁에게 손짓을 했어. 이리 오라고. 그때 누군가 말을 했지. 숲의 끝에서 온 녀석이야. 우리가 아니라고. 목소리가 컸어. 동굴 안이 울렸지. 우리가 아니라고, 우리가 아니라고. 손짓을 했던 어미는 손을 거둬들였어. 맞아, 마지막 비가 오던 날 으르렁이 왔어. 이후로는 비가 온 적 없어. 엄청 먹어대지. 먹기만 해. 뭘 구해오는 것을 본 적 없어. 동굴의 가장 안쪽에서 동굴의 입구 근처까지 한마디씩 뱉어냈지. 그래도 그날 으르렁이 우리를 구하지 않았어? 누군가 말을 했지만 너무 작은 목소리였어. 그것 때문에 더 겁나. 송곳니가 복수를 하러 올 거야. 복수가 아니라 배가 고파서 올 거야. 으르렁 소리를 듣고 찾아오겠지. 우리는 모두 송곳니의 밥이 될 거야. 으르렁 때문에. 기억나지 않아? 그날, 으르렁이 오던 날, 마지막 비가 오던 그날 송곳니도 왔어. 으르렁을 내보내야 해. 지금이라도 당장. 우, 우, 우, 우. 모두 괴상한 소리를 내었지.

으르렁은 이틀을 버티다 동굴을 떠났어.

으르렁이 오던 날 마지막 비가 왔다는 것은 짚고 넘어갈 필요가 있어. 누구도 꼼꼼하게 기억을 살피지 않는 것 같았거든. 으르렁이 무리에 들어온 후 계절이 몇 번 바뀌었는데, 그러면 최소한 육 개월은 넘었을 텐데 마지막 비라는 것은 말이 안 되는 거지. 하지만 아무도 이견을 내지 않았어. 중요하지 않았으니까. 으르렁이 으르렁거리는 것이 문제의 핵심이라 여겼으니까. 아무튼.

으르렁이 떠난 뒤 더 큰 일이 벌어진 거지. 동굴 입구까지 온 적 없었던 송곳니가 입구에 나타난 거야. 처음에는 조심스레 한 발 집어넣었지. 모두들 숨을 죽이고 지켜봤어. 그 상황에서는 누구라도 그랬을 거야. 비명을 지를 생각도 못했지. 송곳니와 눈이 마주치지 않기를, 송곳니가 자신의 냄새를 맡지 않기를 바랄 뿐이었어. 그렇게 몇 번 발을 넣어보던 송곳니는 결국 맨 바깥쪽에서 잠을 자던 한 명을 물고 가버렸어. 악을 쓰고 비명을 질렀지만 아무도 도와주지 않았어. 잠을 자는 척했지. 정말 잠을 자고 있었을 수도 있고. 무리가 할 수 있는 선택은 조금 더 깊숙이 동굴 안으로 들어가는 것이었어. 무리는 그게 최선이라 생각했어. 그렇게 네 명이 사라졌지. 이제 또 한 명이 사라질 즈음이 되었어. 그리고 C가 먼저 말을 한 거지. 으르렁을 찾으러 가자고. 찾아서 데리고 오자고.

G는 연필을 내려놓고 오른손을 폈다 쥐었다를 반복했다. 자리에서 일어나 오른 손목을 이리저리 돌리며 라나 델 레이의 《Born To Die》를 찾아 CD 플레이어에 넣었다. 볼륨을 조절했고 자리로 돌아와 다이어리를 펼쳤다. 오늘 이야기를 끝내야겠다고 생각했다.

벌써 다이어리의 중간까지 썼어. 이렇게 길게 글을 써 본 적 없는 데 말이야. 너에게 이 다이어리를 보내고 난 후 고민을 해 봐야겠어. 본격적으로 글을 쓰는 사람이 되어 볼지. 고마워, 덕분이야. 난 항상 네게서 뭔가를 받는 것 같아. 심지어 네가 주지 않은 것까지도 받아. 아무튼.

H가 말을 이었어.

-으르렁이 오던 날 송곳니가 온 것은 맞잖아. 그날 이후 비가 오지 않은 것도 맞고. 으르렁이 가고 나서 다시 비가 왔고. 한 마디로 재수 없어. 으르렁이 계속 있었다면 네 명이 아니라 더 많이 죽었을 거야.

H는 '맞잖아, 맞고.'에 힘을 주어 말했어. '맞잖아, 맞고.' 가 동굴 안에서 울렸지. 모두의 귀와 머리를 '맞잖아, 맞고.' 가 가득 채웠어. 모두들 고개를 끄덕이는 듯 보였어. 어둠보다 더 어두운 그림자가 고개를 끄덕이는 게 동굴 벽에 비쳤거든.

S가 대답했지.

-확실히 짚고 넘어가자고. 으르렁이 오던 날 송곳니가 온 것이 아니고 송곳니가 온 날 으르렁이 온 거지. 하필이면 가뭄이 시작되던 날이었고. 그리고 그날 으르렁이 돌멩이를 던져 송곳니의 머리를 맞추지 않았다면, 화가 난 송곳니가 으르렁을 쫓기 위해 방향을 돌리지 않았다면 우리 중 여럿은 지금 여기 없을 거잖아. 우리는 무사히 돌아왔고 사냥으

로 잡아 온 큰 뿔 얼룩을 나눠 먹을 수 있었잖아. 비록 마지막 사냥이 되었지만 말이지. 마지막이라고는 해도 언젠가 비가 오고 물이 흐르고 나무와 풀에 살이 오르면 다시 사냥에 나설 수 있겠지. 으르렁이 우리에게 해를 준 것은 없어. 그런데 우리는 으르렁을 쫓아냈지.

S의 기억에도 문제가 있어. 마지막 사냥, 마지막 비였다면 무리가 지금까지 버틸 수 있었겠어. 아마도 큰 수확이 있었던 마지막 사냥이었겠지. 그것만 기억하는 것이고. 비도 마찬가지고. 아무튼.

─우리가 언제 쫓아냈어? 으르렁이 동굴을 나갔고 우린 붙잡지 않은 거지

─아니 누군가 말했어. 내보내야 한다고.

─그러는 너는 왜 으르렁을 붙잡지 않은 건데?

─그때는 나도 그렇게 생각했어. 그래서 지금 후회하는 중이야. 으르렁을 내보냈다고 네들을 비난하는 건 아니야. 후회할 짓을 더 이상 하지 말자는 것이지. 돌려놓을 수 있는 것은 돌려놓고.

S와 H, C의 대화를 듣고 있던 누군가 불쑥 말했다. 동굴 안쪽이었다.

─다시 데리고 와서 어쩌려고? 해가 되지 않는다 해도 도

움이 되는 것도 아니잖아.

S가 동굴 안쪽으로 고개를 돌렸어. 그리고 말했지.

-나를 봐, 내 무릎을 봐. 모두들 내게 날씨를 묻지 않아? 내게 무슨 일이 있었는지 기억나지 않아? 네들이 내게 어떻게 했는지.

S의 목소리가 조금 컸나 봐. S의 목소리가 울리고 겹쳐져 다른 말처럼 들렸어. 이런 식으로 말이야. 너희들이 내게 어떻게 했었지? 내게 너희들이 어떻게 했었지? 어떻게 했지? 너희들이 내게.

오래전, 얼마나 오래전인지는 언급하기 힘들어. 으르렁이 오기 일 년 전 정도면 충분할까? 아니 더 오래전이어야겠지. S와의 일에서 얻은 교훈을 잊어버릴 정도의 시간은 지나야 하니까. 대략 오 년 전이라고 하자. 그 정도면 충분하지 싶어. 하루, 한 달, 열두 달, 일 년의 개념이 없었을 수도 있으니까. 아무튼.

오 년 전, 무리가 지금 이곳 동굴로 옮겨오기 전이었어. 무리는 긴 코 어금니를 사냥할 예정이었지. 긴 코 어금니 떼가 산 너머로 이동하기 전 마지막 기회였어. 수일간 지켜보았고 아직 다 자라지 않은 긴 코 어금니 한 마리를 발견했지. 막다른 곳으로 어린 긴 코 어금니를 몰아넣을 계획을 세웠어. 다음날 사냥을 시작했어. 괴성을 지르고 돌멩이를 던지며 긴 코 어금니 떼를 흩어놓았지. 어린 긴 코 어금니는 어미를 따라가지 못했어. 무리에서 뒤쳐졌지. 사람들을 피해 뒷걸음을 치다 뒤로 돌아 달리기 시작했어. 협곡의 막다른 끝쪽으로. 길이 막히자 어린 긴 코 어금니는 울부짖었지. 어미는 긴 코 어금니를 구하러 오지 못했어. 너무 멀리 와버렸거든. 아니, 너무 멀리 가버린 건가? 아무튼.

사람들이 창과 돌을 던졌지. 결국 어린 긴 코 어금니는 주저앉았고 더 이상 울부짖지도 않았어. 마지막 한 번의 타격이 필요한 순간이 왔지. S가 나섰어. 돌칼을 들고 다가갔어. 긴 코 어금니의 목 깊이 돌칼을 찔러 넣을 참이었지. 온 힘을 다해 찔러 넣으려던 순간이었어. 그때, 긴 코 어금니가 머리를 흔들었어. 긴 코도 같이 흔들렸지. 흔들린 긴 코는 S를 협곡의 한쪽 벽으로 날려버렸어. 땅으로 떨어지던 S의 무릎이 바닥의 돌무더기에 먼저 닿았지. 무릎에서 피가 흘렀어. S가 땅을 짚고 일어섰지만 얼마 서 있지 못했어. S는 중심을 잡지 못하고 바닥으로 엎어졌어. 그 뒤로 S는 제대로 걸을 수가 없었어. 새 살이 차올라 상처를 메꿨지만 흉터와 절뚝거림이 남았어. 시간이 지날수록 귀찮은 존재가 되어갔어. 사냥을 할 수 없는 S, 먹을 것만 축내는 S.

무리가 동굴을 옮기기로 결정했을 때 무리는 S를 어떻게 할지에 대해서도 정해야 했어. 의견은 분분하지 않았어. S를 지켜줄 어미조차 죽고 없었으니까. 무리는 S를 두고 떠나기로 했지. 아니, S가 따라오든 못 따라오든 자신들의 속도로 걸어가기로 결정했지. 나를 버리지 말아 달라. S는 그렇게 이야기하지 않았어. 대신 이렇게 말했어. 내일은 가지 마, 내일 큰 비가 올 거야. 무리는 웅성거렸어. 날씨에 관한 한 S가 틀린 적이 없었거든. 무리는 동굴을 옮기는 것을 하루 미루기로 했어. 모두들 S의 무릎에 대해 생각했지. S의 무릎이 S에게 알려주는 것들, 내일 비가 올지 흐릴지 맑을지에 대한 것들. 미루고 가지 않은 그 하루 정말 큰 비가 왔고 무리는 S를 데리고 가기로 의견을 모았어. 이번에도 의견은 분분하지 않았지. 무리는 어린 긴 코 어금니의 능력이 S의 무릎에 스며들었다 믿었어.

거실 창밖으로 고양이 두 마리가 보였다. 그릇에 고여 있는 물을 번갈아 가며 마셨다. 지난번 내린 빗물이었다. 한 마리가 망을 보고 한 마리는 마시고, 이렇게. 그러다 거실 안에서 고양이를 보고 있는 G의 눈과 고양이의 눈이 마주쳤다. G는 고양이가 도망갈까 싶어 고개를 돌렸다. 창으로 어렴풋이 비치는 저것, 방금 고개를 돌린 저것은 무엇일까? 고양이는 잠시 갸웃거리다 니아옹 울음 한 번을 내고 걸어 나갔다. 빠르지도 늦지도 않게 앞발과 뒷발이 시간을 두고 내딛는 사이 고양이의 몸통이 물결치듯 움직였다. G는 고양이가 완전히 사라지고 나서야 다시 연필을 들었다.

　방금 고양이들이 다녀갔어. 얼마 전부터 보이던 애들이야. 암수 한 쌍인지, 형제들인지, 자매들인지 모르겠어. 가까이 들여다본 적 없거든. 거실 창을 사이에 두고 보고 있어. 둘 다 옅은 갈색에 흰 줄무늬가 있어. 하나는 덩치가 조금 더 커. 덩치가 큰 녀석은 한쪽 눈이 이상해. 제대로 뜨질 못하는 것 같아. 어디서 다쳤겠지. 싸웠을 수도 있고. 두 녀석은 사이가 참 좋아. 앞서거니 뒤서거니 하며 걷다 조금 멀어지면 기다려주고 그래. 먹을 것을 담아내어 주려 했는데 같이 사는 사람이 그러지 말라 하네. 그 사람은 고양이를 좋아하지 않거든. 그래서 보고만 있어. (대신 그 사람 모르게 물그릇은 가져다 놓았어.) 다시 이야기로 돌아갈게.

　H가 말했지.

　─S, 네 무릎에는 긴 코 어금니의 능력이 깃들었으니까. 우

리에게 도움이 되니까 그랬지. 으르렁은 무슨 도움이 된단 말이야?

–생각해 봐. 으르렁 덕분에 우리가 무사했던 걸지도 몰라. 으르렁거리는 소리가 밤마다 울렸다고 생각해 봐. 송곳니가 감히 동굴 입구까지 올 수 있었겠어? 으르렁이 있을 때는 송곳니가 동굴 입구까지 온 적 없었어. 송곳니에게 당했다는 것도 모두 동굴에서 좀 떨어진 곳에서였지. 그런데 으르렁이 가버리고 나서는 어때? 송곳니가 동굴 입구까지 오잖아. 동굴 입구에 가까이 있다가 잡혀간 것이 벌써 몇 명이야. 좀 전에 내 무릎을 잡고 늘어졌던 저 녀석도 동굴 입구 가까이의 첫 번째가 되기 싫어서 그런 거잖아. 어찌 될지 몰라. 익숙해진 송곳니가 동굴 어디까지 들어올지, 배가 고파질 때마다 와서 한 명씩 한 명씩 꺼내 갈지.

S의 말이 끝나자 모두들 동굴 안쪽으로 조금씩 몸을 옮기느라 동굴 안이 소란스러워졌다.

–으르렁이 오면 송곳니가 안 온다는 거야?

동굴 안쪽에서 누군가 다시 물었다.

–그건 모르지. 다만 으르렁이 있었을 때는 송곳니가 동굴 입구까지, 동굴 안으로 들어온 적 없었다는 거지.

–우리가 동굴을 옮기면 되지. 옮기자.

또다시 누군가 말했고 누군가 대답을 했어.

—지금 배 속에 아기가 있는 어미만 넷이야. 곧 나올 거야. 기다려야 해. 아기가 나오고 움직일 만하면 추워질 거야. 당분간은 못 옮겨. 그리고 근처에 이만한 동굴은 없다는 것 모두들 알잖아.

—그래, 으르렁을 데려온다고 치자. 누가 데리러 갈 건데?

H가 정리하듯 물었어. S가 무릎을 두드리며 대답했지.

—나는 무릎 때문에 힘들고, 처음 으르렁을 찾아오자고 했던 녀석하고 너하고 다녀오면 되겠네.

—왜 난데?

—저 녀석과 나, 너 이렇게 세 명이 제일 말 많이 했잖아. 그리고 우리 중에서는 네가 제일 귀가 밝잖아. 으르렁 소리를 제일 잘 듣지 않겠어? 길도 잘 아는 편이고.

H는 어깨를 살짝 펴다 고개를 좌우로 돌리다 흠흠 거렸어. 어깨를 으쓱거렸지. C가 H 옆으로 와 섰어.

—언제 출발할까?

H가 물었고 S는 지금이라도 준비되는 대로 출발하는 것이 좋지 않겠냐 대답했지.

H와 C는 으르렁을 찾아갈 준비를 했지. 준비라고 해서 특별한 것은 없어. 나무 작대기, 날카로운 돌칼. 먹고 마시

는 것은 현지에서 구해야 하니까. 인사라 할 것 없는 인사를 나눴고 동굴 밖으로 나섰어. C가 H에게 물었어.

-어느 쪽으로 가야 할까?

H가 대답했어.

-일단 숲의 끝으로 가자. 으르렁을 만났던 곳으로. 그리고 어두워지길 기다렸다가 귀를 기울여야지. 으르렁 소리가 나는 방향을 찾아야 하니까. 다행히 으르렁이 근처 어딘가 작은 동굴을 찾아 거기서 자고 있다면 소리가 크게 울릴 테니까. 하긴, 그 정도로 크게 소리가 울린다면 제아무리 송곳니라 해도 겁이 나겠지. S의 말이 일리가 있어. 그럴듯해.

여기서 이야기는 끝나. 으르렁을 찾았냐고? 글쎄, 잘 모르겠어. 찾는 게 그리 쉽겠어. 한번 버리고 내보낸 것들을 다시 찾고 품에 안기가 쉽겠어? 찾아낸다 해도 으르렁이 돌아온다는 보장도 없지. 내보내기 전에 깊이 생각을 했어야지. 각오를 했어야지. 아니, 애초에 누군가를 내보낸다는 생각을 하지 말았어야지. 그것보다 말이야. 코를 심하게 곤다고 쫓아내는 게 말이 돼? 내가 지어낸 이야기지만 정말 웃기지 않아? 어때? 너는 소리 내어 웃었니?

궁금해졌어. 그해 그 계절에 우리 사이에 무슨 일이 있었던 걸까? 넌 코를 골지도 않고 절뚝거리지도 않았는데. 언젠가 널 만나면, 손등을 쓰다듬을 기회가 있다면 묻고 싶어. 우리가 무슨 잘못을 한 건지, 넌 우리를 용서할 수 있는지, 다시 함께할 수 있는지.

G는 연필을 놓고 다이어리를 덮었다. 손으로 눈가를 훔치고 크리넥스 티슈를 한 장 뽑아 팽하고 코를 풀었다. 거실 창 밖 고양이가 지나간 길을 멍하니 바라보다 갑자기 다이어리를 열고 연필을 집어 들었다.

그런데 네 이름이 뭐지? 네 이름이 떠오르지 않아. 네 이름을 알 수가 없어. 모르겠어. 네가 있는 곳. 너에게로 가는 길.

이 이야기를 어떻게 전해줘야 하는 거니. 친구야, 내 오랜 친구야.

착하다는 말 내게 하지 마

착하다는 말, 제게 하지 마세요. 여자가 내게 말했다.

어제 대학 동기들을 만났다. 졸업하고 십 년 만이었다. 이제는 한번 봐야 하는 것 아니냐고, 누군가 먼저 말을 꺼냈고 그렇게 이루어진 만남이었다. 아마 S였을 것이다.

영산에서 모이자. 십 년 만이니 학교도 한 번 둘러보고. 그게 좋겠네. 경비는 만나서 이야기하면 되고 식당하고 숙소를 먼저 정해야겠네. 그건 형이 하면 되겠네. 영산에 있잖아.

나는 졸업 후 영산에 남았다. 다들 연고지를 찾아가거나 서울로 수도권으로 올라갔지만 나는 그러지 않았다. 경쟁을 할 만큼 성적이 좋은 것도 아니었고 무엇보다 고향 같지 않은 고향에 돌아가고 싶은 마음이 없었다. 골목까지 모두 바뀐 그곳에는 친구들도 없었다. 모두들 위로, 서울로 떠났다. 차라리 영산이 나았다. 십육 년 동안 살아온 영산이 내게는 고향보다 더 고향 같은 곳이다.

　-야아, 똑같네, 똑같아. 하나도 안 변했네. 형도, 영산도.

　한 명씩 도착할 때마다 동기들은 같은 말을 했다. 나는 빙긋이 웃거나 너도 마찬가지라고 말하거나, 잘 지냈느냐, 오랜만이다, 를 바꿔가며 녀석들을 맞이했다.

　모임은 밤늦도록 이어졌다. 다음날 골프 라운딩을 예약하고 온 녀석들, 술을 많이 마셔 힘들다는 녀석들이 숙소로 돌아가고 나서도 다섯이 남아 학교 앞 술집을 기웃거렸다. 그러던 중 한 녀석이 말했다.

　-서천에 가자.

　서천은 영산에 있는 거의 모든 유흥주점이 몰려있다. 예전에도 지금도.

　많이 마셨다. 마지막에 어떻게 정리가 되었는지, 이곳에 어떻게 왔는지 모르겠다. 녀석들은? 알아서 갔겠지. 내 담배를 빼앗아 물고 있는 이 여자, 내 옆에 앉았던 것 같다. 이어지지 않는 장면들 속에서 이 여자는 내 옆에 붙어 앉아 있다. 노래를 불렀던 것 같다. 이적의 〈다행이다〉였나? 김광진의 〈편지〉였나? 십 년이 지났는데도 변하지 않은 18번이라며 녀석들이 놀려댔었다. 노래를 부르는 내 앞에 선 그녀의 얼굴이 떠오른다. 그녀는 내 어깨에 두 손을 올린 채 나를 보고 있다.

  -어제 우리가 혹시….

  -혹시 뭐요?

  -난 아무 기억이 안 나서.

  그녀는 웃었다.

  -아무 일도 없었어요. 술을 많이 마셨더군요. 들어오자마자 침대에 누워 곯아떨어지셨어요. 중간에 일어나 한 번 토하기도 했어요. 조금 심하게. 그냥 두고 가면 무슨 일이 날 것 같아 저도 옆에서 잤어요. 그나저나 잡아놓은 호텔비가 아깝겠어요.

  -착하네.

  그녀는 물이 담긴 종이컵에 담배꽁초를 던져 넣었다. 치이익, 담뱃불이 꺼지는 소리가 났다.

  -착하다는 말 제게 하지 마세요.

세희. 이름이 '세희'라고 했다. 양주 두 병이 나가고 한 병이 새로 들어올 즈음 그녀도 취했던 것 같다. 마주 앉은 녀석과 이야기를 나누던 중이었다. 그녀가 내 손을 잡더니 자기의 허벅지에 얹었다. 나는 그녀 쪽으로 고개를 돌렸다. 그녀는 발갛게 달아오른 얼굴로 나를 보다 입술을 내밀었다. 오오, 그 모습을 지켜보던 녀석들이 괴성을 질렀다. 조금 처져 있던 분위기가 다시 살아났고 누군가 양주와 맥주를 섞었다. 짝을 이뤄 러브샷을 했다. 그녀와 나의 순서가 되었을 때 그녀가 말했다.

-싫어요.

그녀는 갑자기 토라졌고, 왜 그러냐고 나는 몇 번 물어보다 그만둔 것 같다. 사실 이후로는 정확한 기억이 없다. 그녀는 중간에 다시 기분이 좋아졌고 러브샷을 했던 것 같다.

-저, 선생님 알아요.

-알겠지. 하룻밤을 같이 보냈는데. 아니지, 아무 일 없었다고 했잖아. 속속들이 알지는 못하겠네.

냉장고에서 캔 커피를 꺼내 한 모금 마신 후 그녀에게 건넸다.

-아니요. 예전에 선생님하고 저, 만난 적이 있어요.

어디서 봤지. 잘 모르겠다. 적어도 주점에서 만난 것은 아니다. 십 년 만에 가본 '서천'이다. 머리가 아프다. 술을 많이 마신 탓이다. 녀석들은 아직 일어나지 않았겠지. 열 시나 되면 전화가 오려나. 해장국으로 뭘 먹으러, 어디로 가지? 나를 안다는 그녀의 말을 심각하게 받아들일 생각은 없다. 고민하고 싶지 않다. 뭐 아는가 보지. 어쩌라고. 샤워를 하고 싶다.

－그래? 난 모르겠네. 그건 그렇고 혹시 내가 집에 못 가게 했나? 그 정도로 진상은 아닌데. 나 곯아떨어졌었다며?

－그냥 선생님 옆에 있고 싶었어요. 저도 어제 취했었거든요. 다시 가게에 돌아갈 힘도 없고 해서. 선생님 옆에서 자다가 아침에 선생님 일어나면 해장국이나 같이 먹으려고 했는데.

선생님이라, 보통 사장님이라고 하거나 오빠라고 하지 않나. 정말 나를 아는 건가? 머리가 깨질 것 같은데 자꾸 생각하게 하네.

－우리 아빠 주치의였어요. 선생님이.

침대 모서리에 앉아 있던 그녀가 낮은 톤으로 말했다. 욕실에서 나와 헤어 드라이기를 찾던 나는 하마터면 미끄러질 뻔했다. 발바닥의 물기를 제대로 닦지 않은 탓이다. 손을 뻗어 겨우 화장대 의자를 잡고 자세를 바로 잡았다.

-뭘 그리 놀라세요? 잘못한 것 있으세요?

-아니 그건 아니고, 바닥이 미끄러워서. 놀랄만하기는 하지. 아아아, 이래서 직장이 있는 동네에서 술 마시는 게 아닌데.

성인 나이트에서 부킹을 해 함께 블루스를 췄던 아줌마가 알고 보니 환자 보호자였다는 이야기. 뒤늦게 그 사실을 알아차리고 보호자도, 의사도 서로 당황했다는 이야기를 지나가는 우스갯소리로 들은 적이 있기는 했다. 하지만, 환자 보호자와 주치의였던 의사가 주점에서 만나 같이 모텔로 들어갔다는 이야기는 들은 적이 없다. 이를 어쩐다.

-그렇군요. 몰라봬서 죄송합니다. 일부러 모른 척한 것은 아니니 이해를 바랍니다. 앞으로는 제가 조심하도록 하겠습니다. 조금 민망하네요.

-갑자기 웬 높임말이세요. 말씀 놓으세요. 좀 전처럼. 기억 못 하시는 것은 당연하지요. 그리고 누가 어디에 있을지 어떻게 알고, 피해 다니면서 술을 마시겠어요. 우리는 이런 일 많아요. 친삼촌 안 만나는 것만 해도 다행이지요.

-그렇긴 하지만 보호자랑 이렇게 앉아 있는 것은 민망한

일이기는 하지요.

─민망하시면 옷부터 먼저 입으시는 것이.

주섬주섬 속옷을 찾아 입고 바지의 지퍼를 올렸다. 문득 말을 놓는 것이 편하겠다는 생각이 들었다. 굳이 존대를 할 이유가 없었다. 나이든 뭐든.

─아빠라고 했지? 어디가 아프셨지?

─심부전이셨어요. 매번 숨이 차서 응급실로 들어갔었지요. 그때 선생님은 레지던트였을걸요. 친절하게 잘 봐주셨어요. 감사했어요.

─음. 그래요? 지금은 건강하시고?

─편하게 놓으세요. 높였다, 낮췄다 섞지 마시고. 기억 못하시는 것 맞네요. 우리 아빠 사망선고, 선생님이 하셨어요.

심부전이라. 호흡곤란으로 응급실로 들어왔다. 호흡곤란을 가진 심부전 환자는 대부분 응급실을 통해 병원으로 온다. 누군지 기억할 수 있는 힌트가 되지는 않는다. 게다가 내가 친절했다고? 사망선고를 내가 했다고?

─심근경색? 부정맥?

─아니요. 심장판막증이셨어요. 오랫동안, 수십 번 입원했지요. 아빠를 맡았던 주치의만 해도 여러 명일걸요. 그런데 선생님만 기억에 남아요. 설명도 친절하게 잘해주셨고. 우

리 아빠, 일반병실과 중환자실을 왔다 갔다 했지요. 선생님이 고생을 많이 했어요.

심장판막증에 의한 심부전증은 요즘은 흔하지 않다. 아, 그 환자.

-혹시, 오빠랑 같이.

-맞아요. 기억하시네요.

-아버님 성함이 김완수?

-네. 이름까지 기억하시네요. 의사 선생님이시라 그런가. 기억력이 좋으시네.

김완수. 나는 건장했던 그의 모습을 본 적이 없다. 호흡한 번을 하기 위해 열두 개의 갈비뼈를 한껏 당겨 올리고 마른 뱃가죽이 등에 붙을 때까지 몸을 젖혀야만 할 즈음, 한 걸음을 옮길 때마다 새파란 얼굴로 휘휘 손을 앞으로 내저어 무언가를 붙잡아야만 할 즈음 그를 만났다. 대동맥 판막 협착증이었다.

질환의 보편적인 경과라는 것이 교과서에 기술되어 있음에도, 질환이 환자에게 와서 보이는 경과는 제각각이다. 같은 질병을 가진 환자는 말 그대로 같은 병명을 가졌을 뿐 같은 환자는 아니다. 나이와 성별, 동반 질환의 유무, 과거 질환력, 생활 습관, 사회적 경제적 위치 등의 조건에 따라 상이한 경과를 보인다.

그러나 그의 병은 그에게로 와서 익히 알려진 순서대로, 앞으로 나아갔다. 교과서에 쓰여 있는 판막질환의 경과를 벗어나지 않았다. 단 한 가지, 교과서와 다른 것이 있었다. 그는 위기 때마다 살아남았다. 죽음의 순간에 우리는 번번이 그를 살렸다. 하지만 살리기만 했다.

퇴원하고 나가서 일주일을 버티지 못했다. 매주 반복되는 그의 입, 퇴원은 주치의의 정기적인 업무가 되었다. 어떤 날은 퇴원 챠트가 미처 내려가기도 전에 입원 챠트를 만들었다. 금요일 오후 '안녕히 가시라'는 인사와 함께 퇴원을 시키고 월요일 출근해보면 그사이 응급실을 통해 들어와 중환자실에 입원해 있었다. '아이고, 또 오셨어요. 이렇게 아프셔서 어찌해요.'라며 안타까워했지만, 안타까움은 안타까움일 뿐이었다. 그가 가진 병을 없애지 못했다. 숨이 차고, 가슴이 아파 환자복을 쥐어뜯고 있어도, 주먹으로 침대 매트리스를 두드려도 내가 해줄 수 있는 것은 없었다. 오로지 하나는 했다. 그를 살려놓는 것. 살아나서 좋았을까? 저희가 살려냈어요. 잘했지요? 그렇지요? 라고 물었다면 그는 뭐라고 대답했을까.

살리는 것 말고 해줄 수 있는 것은 없었지만 해야만 하는 것은 많았다.

입원하는 순간부터 안정되는 시기까지 깨어 있는 시간이면 매시간 혹은 서너 시간의 간격으로, 조금 안정되고 나면 최소한 하루 두 번 혈액 검사를 해야만 했다. 숨은 잘 쉬고 있는지, 산소 농도는 충분한지를 우리는 알아 놓아야 했다. '우리는 이렇게 열심히 그리고 정밀하게 당신을 관리하고 있습니다. 당신의 건강이 조금이라도 흔들린다면 우리는 즉시 달려들어 당신을 위해 무엇이라도 할 것입니다.'라는 굳은 결의를 채혈 주사기를 통해 보여주었다.

그것은 우리 스스로를 위한 위안이기도 했다. 우리는 우리가 할 수 있는 모든 것을 하고 있는 중이야. 낮밤 없이 혈액 검사를 하고 산소 농도 수치를 확인하는 것, 때가 되면 적당한 주사나 호흡 치료를 시행하는 것은 우리 스스로에게 주는 답이기도 했다. 이 길이 맞아? 라는 질문에 대한.

그가 마지막으로 입원해 있던 그 기간에, 살아서 퇴원하지 못한 유일한 입원 기간에, 우리는 정말 많은 혈액 검사를 했다. 그의 양 손목과, 양팔의 오금, 대퇴부. 혈액을 뽑을 수 있는 곳이라면 다 찔러댔다. 수십 번의 입원은 그의 혈관을 강하게 만들었다. 강한 혈관은 웬만한 주사바늘, 웬만한 의

사나 간호사의 채혈을 허용하지 않는다. 숨어버리고 튕겨버리고, 혹은 더 이상 그 혈관으로는 피가 흐르지 못하게 해서 찔러도 피 한 방울 나오지 않게 되는 것이다.

인턴과 간호사들이 더 이상 피를 뽑을 곳이 없다며 도움을 청해 왔을 때 내가 그에게로 갔다. 새벽 한 시, 주위의 다른 환자들과 보호자들이 자고 있을 그 시간에 그는 침상에 기댄 채 앉아 있었다. 병실의 전등은 꺼져있었고 그의 침상 옆 촛불 모양의 작은 LED 등이 그를 비췄다. 그는 얕게 그러나 빠른 속도로 쌕쌕거리고 있었다. 할 수 있는 한 최대한 흉곽을 넓혀, 가능한 많은 공기를 들이마시고 싶어 했지만, 그의 흉곽은 이미 넓어질 만큼 넓어져 있었다. 공기는 원하는 만큼 들어오지 않았다. 그가 숨을 내쉴 때마다 LED등이 흔들리는 것 같았다. 그의 왼손을 잡았다. 근육은 사라지고 뼈와 혈관만이 남아 있는 그의 왼손은 검고 푸른 멍투성이였다. 눈을 감고 손가락 끝으로 그의 손목을 더듬었다. 약하게 뛰고 있는 그의 동맥을 겨우 찾았을 때 눈을 떴다. 그의 얼굴을 보았다. 그의 눈과 마주쳤고, 그는 고개를 끄덕였다.

-그때는 학생이었지, 아마?
-학생인 척했죠. 아빠 앞에서 술집 나간다고 할 수 있었

겠어요? 오빠한테도 마찬가지였죠. 지금은 졸업해서 어딘
가 취직해 있는 줄 알아요.

　-오빠는?

　-결혼했어요. 그리고 새언니랑 일본에 갔어요. 공부 더
한다고. 가서 공부를 하는 건지, 뭘 하는지 알 수는 없지만,
믿어야지요. 나처럼 거짓말을 하는 것은 아닐 테니.

　수없이 반복되는 입, 퇴원에도 그들이 아버지에게 싫은
소리 한 번 하는 것을 보지 못했다. 병세가 악화될 때마다
주치의들은 그들을 불러댔다. 매번 위독하다고 보호자가 있
어야 한다고 말했지만, 실제로 위험한 매 순간이었지만 그
때마다 그들의 아버지는 살아났고, 버텼다. 살아난 그가 잘
못한 것은 아니지 않은가. 살린 우리도 마찬가지. 하지만 열
번 정도 반복된다면 누군가에게 화를 낼 법도 한데 그렇지
않았다. 뭔가를 먹을 힘조차 남아 있지 않는 그였지만 딸과
아들은 부지런히 먹을 것을 사다놓았다. 그것 이외에 그들
이 할 수 있는 일이 없다는 것을 알고 있는 듯했다. 그러고
보니 주로 밤에는 오빠가 왔었던 것 같다. 그랬지, 그랬어.

　남매 사이의 우애도 나쁘지 않았다. 입원기간의 상당 부
분을 중환자실에서 보낸 그였다. 아들과 딸이 그의 곁에 있
을 시간이 많지 않기도 했고 그들이 할 수 있는 일 자체가

없기도 했지만 적어도 병원에서는 아버지의 병환이나 혹은 병원비를 두고 혹은 누가 간병할 것인지를 두고 다투는 것을 본 적이 없다.

－오빠는 일본으로 가고 저만 여기 남았지요. 덕분에 아버지 병원비랑 빚이랑 온전히 내게 남았어요. 그게 싫다는 이야기는 아니에요. 누구 하나는 살아야지요. 그래도 많이 갚았어요. 선생님 밥 먹으러 가요. 제가 살게요. 요 앞에 동태탕 잘하는 곳을 알아요. 같이 가요.

그의 마지막 입원기간은 3개월 정도였다. 그 기간에 나는 순환근무를 위해 다른 과로 옮겨 갔다가 다시 왔다. 다른 과에 가 있는 중에도 그를 잊을 수는 없었다. 연민 때문은 아니었다. 항상 그가 보였다. 일반병실 한구석에서 힘들게 숨쉬고 있는 그를 무심히 지나칠 수 없었고, 일반병실에서 보지 못한 날은 중환자실에서 그를 볼 수 있었다. 우리는 여전하게 그를 살려내고 있었다.

다시 그의 주치의가 되었을 때 그는 중환자실에 있었다. 업무 인수인계를 받았을 때 이미 한 달 정도 중환자실에서 치료받던 중이었다. 이번에는 기간이 조금 긴 편이었다. 이전보다 더 좋지 않은 상황이었다. 주치의들도, 중환자실의 간호사들도 이번에는 이 익숙한 환자가 예전과 같지 않다는 것을 느끼고 있었다. 소변이 나오지 않는 것이 가장 큰 문제였다. 식사를 하지 못하는 상태였기 때문에 수액으로 영양을 보충하고 탈수를 예방하고 있었지만, 약물을 포함하여 그에게 들어간 양과 그의 소변과 대변으로 나온 양이 균형을 이루지 못했다. 소변은 나오지 않았고, 그의 몸은 점점 부어가고 있었다. 양쪽 폐는 물로 가득 차 있었다. 익사 당하고 있는 중이었다.

마지막 주치의가 되었을 때 내가 가장 먼저 한 것은 인공호흡기를 다는 일이었다. 그녀와 그녀의 오빠를 불렀다. 현재의 상태가 이렇고, 지금 인공호흡기를 달지 않으면 방법이 없다는 것을 이야기했다. 소변이 계속 나오지 않으면 혈액 투석을 해야 할 수도 있다고. 심장이 좋지 않기 때문에 혈액 투석을 하고 싶어도 못할 수도 있고 혈액 투석을 시도하다 잘못될 수도 있다는 말을 이어서 한 것 같다. 서로 익숙한 얼굴에 익숙한 설명이었다. 설명은 심각했으나, 언제나 그랬듯이 그들은 아버지가 조만간 일반병실로 올라갈 수 있을 것이고, 며칠이 될지 알 수는 없으나 퇴원해서 집으로 갈 수 있을 것이라고 믿는 것 같았다. 나는 이번에는 다르다고 말하지 못했다. 그는 항상 살아남았고 우리는 그를 살려왔기 때문이었다.

그들에게 충분한 설명을 한 뒤 그에게 인공호흡기를 달 것이라고 말했다. 이미 산소마스크를 쓰고 헐떡이고 있던 그가 그 이야기를 제대로 알아들었는지는 알 수 없다. 그가 제대로 알아들었는지는 중요하지 않았다. 해야만 하는 일이었으니까. 인공호흡기는 그의 폐와 근육을 대신했다. 인공호흡기를 달겠다는 이야기를 하고 있는 나를 힐끗 쳐다보던 부은 눈동자를 이후로는 볼 수 없었다. 그는 긴 잠에 들었다. 심장은 뛰고 있었고, 흔들리기는 했지만 산소 농도도 유지되고 있었다. 그저 잠이 든 것이었다. 깨지 못하는.

하필이면 그날이었다. 몇 가지 이유, 보호자의 폭언과 담당교수의 비난, 과로, 스스로에 대한 자괴감과 그로 인한 자신감의 상실 등을 핑계로 같이 일하던 동기 레지던트가 병원을 나가 버린 지 3일째 되던 날이었다. 다른 레지던트들이 도와주기는 했지만 도와주는 것은 정말로 도와주는 것에 불과하다. 책임을 지는 것은 아니니까. 응급실 당직부터 입원환자 관리까지. 거의 48시간을 자지 못한 날이었다. 내일은 좀 들어오지? 부탁의 메시지를 동기 녀석에게 남기고 잠깐, 아주 잠깐 눈을 붙였는데, 전화가 울렸다. 중환자실이었다.

-왜요?

-샘, 김완수 환자 보호자가 와서 지금 난리가 났어요.

-무슨 소리? 방금 환자 보고 왔는데. 별 이상 없었잖아요?

이상이 없었다는 말을 어떻게 설명해야 할까. 별 이상이 없었다는 것은 적어도 오늘, 내일은 그 환자로 인해 내가 힘들어지지 않을 것이라는 뜻이기도 했다. 인공호흡기를 단지 한 달여가 흘렀고 조금씩, 아주 조금씩 나빠지고 있었지만, 오늘내일 사이에 무슨 일이 생길 상황은 아니었다.

-예, 환자는 큰 변화는 없는데, 보호자가 와서. 딸이 와서 인공호흡기 뽑아달라고, 환자가 그저 죽게, 그냥 가만히 좀 두라고 소리 지르고 난리예요.

-그런 보호자 아니잖아요?

-그렇죠. 그런데 지금 그러고 있어요.

-오빠는?

-우리가 전화했어요. 지금 오고 있어요.

-알았어요. 내려갈게요.

그녀는 취해 있었다. 몸을 가누기 힘든 정도의 만취는 아니었다. 곁에 서 있으면 술 냄새를 맡을 수 있는 정도.

-고치지도 못할 거면서 살리기는 왜 살리는데. 저게 살아 있는 거야? 말해봐. 저게 사는 거냐고. 저렇게 만들어놓고 살렸다고 말해도 되는 거냐고? 지금 이게 몇 년째야. 매번 저래 놓고도 살렸다고 자랑하는 거야? 우리는, 우리는 죽어 가는 거 안 보여? 다 필요 없어. 저거 떼. 몸에 붙어 있는 기계고 링겔이고 다 떼. 데리고 갈 거야. 집으로 데리고 가서 같이 죽을 거야.

나는 대답하지 않았다. 내가 할 일은 듣는 것이었다.

-착한 척, 친절한 척하면서. 저게 뭐냐고, 저게 사람이냐고. 우리 아빠 어디에 갖다 놓고, 저런 살덩어리를 두고 우리 아빠 이름을 붙여 놓았냐고.

-너 왜 이러냐. 술 마셨냐? 주치의 선생님한테 이러면 안 되잖아.

연락을 받고 중환자실로 들어온 오빠가 그녀를 말렸지만, 그녀는 더 이상 착한 동생이 아니었다.

-오빠, 오빠도 똑같아. 내가 이러기 전에 오빠가 벌써 한 바탕 했어야 하는 거잖아. 왜 혼자 착한 사람인 척하는 건데. 우리 아빠를 저렇게 만들어놓고, 지네들이 잘한 일인 것처럼 생색내는 거잖아. 그게 아니잖아. 사실은 그게 아니잖아. 우리 아빠 처음 이 병원에 올 때 저렇지 않았잖아. 며칠

만 입원해서 치료하면 집에 갈 수 있다고 했잖아. 입원하기 싫다는 아빠를, 우리가 그렇게 설득해서 데리고 온 거였잖아. 그런데 이게 뭐냐고. 오빠. 빨리 말해. 우리 아빠 데려오라고. 저 살덩어리 말고 진짜 우리 아빠 데려오라고 말하라고.

그녀의 오빠도 나도 아무 말을 하지 않았다. 무어라 말을 했어야 하는데 하지 못했다. 그 마음을 이해하기도 했지만, 말할 힘이 없었다. 너무 피곤했고, 그녀를 달래면서 내 에너지를 소비하고 싶지 않았다. 간호사들, 이 소란을 듣고 달려온 행정 당직들도 가만히 서 있을 뿐이었다. 그들에게는, 나에게는 익숙한 상황이었다. 오빠가 그녀를 데리고 나갔다. 중환자실 밖에서 몇 번의 울음 섞인 고함소리가 들렸지만 곧 잠잠해졌다.

-무슨 일이 있었어요? 원래 저런 보호자 아니잖아요?

-그러게요. 그런데 이브닝번이랑 인수인계할 때 들었는데, 오늘 오전에 총무과에서 보호자를 만났대요. 병원비가 꽤 많이 밀린 모양이더라고요. 일반실에 있을 때는 한 달에 얼마라도 병원비를 내었던 모양인데. 중환자실에 오래 있게 되니까 병원비가 생각보다 많이 나온 모양이에요. 어휴. 결국은 돈이 문제인 거지요.

-환자가 아직 입원해 있고 치료 중인데 병원비를 이야기하는 건 뭐예요? 왜 그러는데.

　-워낙 금액이 많이 나오니까, 중간 정산이라는 걸 하더라고요.

　-시발, 좆같네.

　순간, 그녀와 그녀의 오빠가 들어왔다. 울음은 멈춘 듯했고, 오빠는 고개를 숙이고 있었다.

　-오빠는 가만있어. 내가 이야기할 테니까. 선생님, 방금 소리 지르고 그런 것은 죄송해요. 죄송한데, 우리 아빠 몸에 붙어 있는 기계랑 링겔이랑 다 떼어내 주세요. 이건 부탁이 아니고 요구예요. 우리는 더 이상 치료를 감당할 형편도 안 되고. 뿐만 아니라, 완전히 고치지도 못하면서 겨우겨우 버티게 만들어놓고 돈이나 빼먹는 병원에 우리 아빠 맡기기 싫어요. 우리 문제는 우리가 알아서 할 테니까. 일단 퇴원시켜줘요.

　-그렇게는 안 되는 것 알고 있으시잖아요. 지금 아버지, 달고 있는 것들 다 떼어내면 바로 돌아가십니다. 그럴 수 없잖아요. 우리 병원을 못 믿어서 그러시는 거라면 차라리 다른 병원으로 보내드릴 수는 있어요. 하지만 집으로 가는 것은 안 됩니다. 다른 병원 가는 것도 앰뷸런스 타고 기계 그

대로 세팅해서 가는 것만 가능하지요. 사실은 그것도 아버님이 안정적일 때 가능한 이야기지 지금은 받아 주는 병원도 없을 겁니다.

—이보세요. 주. 치. 의. 선생님. 지금 우리 아빠 처음 오셨을 때 상태로 만들어놓으라고 하지 않는 것을 다행으로 아세요. 어디 말이야. 겨우겨우 살려놓기만 할 줄 알면서. 이제 와서 어디 받아 줄 곳도 없다고. 저대로는 못 간다고. 그게 지금 당신이 할 수 있는 소리야?

나는 참았어야 했다. 버텼어야 했다. 그러지 못했다.

—그렇게 이야기하면 안 되지. 내가 얼마나 열심히 아버지를 보살폈는지 알면서 나한테 그렇게 이야기하면 안 되지. 내가 뭘 잘못했는데. 올 때마다 간당간당하는 사람을 몇 년이라도 더 얼굴을 볼 수 있게 해줬으면 고맙다고 해야지. 어디서.

그녀는 다시 고함을 질러댔고, 이번에는 오빠도 가만있지 않았다.

정확히 4시간이었다. 4시간 동안 그들은 번갈아 가며 중환자실로 들어와 나를 찾았다. 사람과 내용을 바꿔가며 나를 졸라댔다. 그들의 아버지를 자유롭게 해 달라고. 그리고 정확히 4시간이 더 지난 시각에 나는 결심했다. 이렇게 하다가는 다른 환자들을 살필 수 없을 것 같았고, 그들을 더 이상 보고 싶지 않기도 했다. 사실 그게 더 컸다.

-좋습니다. 원하는 대로 해줄게요. 대신 서약서를 써주셔야겠습니다. 혹시 두 분 말고 형제가 더 있는 것은 아니죠? 뒤늦게 나타나서 왜 허락도 안 받고 인공호흡기 뗐냐고 따지실 분 없지요?

-네.

-그러면 여기 종이에 제가 부르는 대로 쓰시고 두 분이 사인하시면 됩니다. 그러면 원하는 대로 해 드릴게요.

-좋아요.

-나는,

나는,

-환자 김완수의 법적 보호자로서,

환자 김완수의 법적 보호자로서,

-현재 행해지고 있는 치료, 즉 인공호흡기 치료를 비롯하여 기본적인 수액 및 약물치료가,

현재 행해지고 있는 치료, 즉 인공호흡기 치료를 비롯하여 기본적인 수액 및 약물치료가,

-중단될 경우 환자가 사망에 이를 수 있다는 사실을 알고

있음에도 불구하고,

중단될 경우 환자가 사망에 이를 수 있다는 사실을 알고 있음에도 불구하고,

—더 이상의, 어떤 형태의 치료를 거부하며, 이로 인한 결과에 책임질 것을 맹세한다.

더 이상의, 어떤 형태의 치료를 거부하며.

꽉. 오빠가 쥐고 있던 볼펜의 뒷부분이 뒤로 튕겨져 나갔다. 오빠는 두 팔을 데스크 아래로 늘어뜨린 채 한숨을 내쉬었다. 간호사 중 한 명이 주머니에서 볼펜을 꺼내 건네려했고 나는 간호사 쪽으로 손을 들어 손바닥을 폈다. 오빠의 얼굴을 보며 그가 꺼낼 말을 기다렸다.

—이리 주세요.

그녀가 간호사에게 볼펜을 달라 했다. 간호사는 머뭇거리며 나를 보았고 나는 그녀를 보았다. 그녀는 데스크 안쪽에 있던 필통을 거칠게 뒤적거렸고 필통이 엎어졌다. 찾아낸 볼펜을 손에 쥔 그녀가 말했다.

—이어서 쓰면 되죠? 오빠, 비켜. 내가 쓸게.

이로 인한 결과에 책임질 것을 맹세한다.

고개를 숙이고 있던 오빠는 자리를 내주었고 그녀는 의자에 앉아 나머지 부분을 썼다. 그리고는 나를 올려다보았

다. 시발, 이런 개 같은. 입안에서 맴돌았지만 밖으로 꺼내지 못했다. 누구를 향한 욕인지 알 수 없어서, 누구의 얼굴을 보며 뱉어야 할지 알 수 없어서.

—다음은요? 다음은 뭐라고 쓰면 되는 거예요?

몇 초나 되었을까? 그녀와 나는 한동안 서로를 쏘아보았다. 결국 내가 고개를 돌렸고 입을 열었다.

—또한 그로 인한 결과에 대하여

또한 그로 인한 결과에 대하여,

—담당 주치의 및 병원을 상대로 어떤 형태로든 법적 책임 혹은 민사상의 배상을 요구하지 않겠다.

담당 주치의 및 병원을 상대로 어떤 형태로든 법적 책임 혹은 민사상의 배상을 요구하지 않겠다.

—다시 한번 확인하건대

다시 한번 확인하건대,

—나는 현재의 치료가 중단될 경우, 환자, 즉 나의 아버지인 김완수가 사망할 수 있다는 것을 알면서도 이렇게 판단하며, 이 판단에 후회하지 않는다.

나는 현재의 치료가 중단될 경우, 환자, 즉 나의 아버지인 김완수가 사망할 수 있다는 것을 알면서도 이렇게 판단하며, 이 판단에 후회하지 않는다.

마지막 문장은 매뉴얼에 없는 문장이었다.

나는 마지막 문장을 불러 주며 그녀가 혹은 그녀의 오빠가 종이를 찢어버리고 서로를 부둥켜안으며 주저앉는 것으로 오늘의 일이 마무리되었으면 좋겠다는 기대를 했던 것 같다. 만약 그렇지 않고 그녀와 오빠가 사인을 한 종이가 내게 온다면, 마지막 문장이 낙인이 되어 그들 가슴에 영원히 남아 있기를 바랐다. 결코 잊히지 않는 한마디가 되어 그들의 삶을 괴롭혀야 한다 생각했다.

-두 분 모두 밑에 이름 쓰고 사인하세요.

힘없이 서 있는 오빠를 재촉한 그녀가 오빠의 사인 아래 자신의 이름을 쓰는 동안 나는 한 방울씩 맺혀 떨어지는 완수 씨의 오줌 방울을 보며 서 있었다. 나는 그들 쪽으로 고개를 돌리지 않은 채 종이를 받았고 오빠의 사인과 휘갈겨 쓴 그녀의 사인을 확인했다.

-지장이라도 찍어줘?

그녀가 한 마디 낮게 내뱉었고 나는 데스크를 떠났다. 말아 쥔 종이가 촉촉했다.

-선생님, 동태탕 식어요. 빨리 드세요. 무슨 생각을 그리 하시남.

-아. 네.

-갑자기 '네'는 뭐예요.

-응. 그렇네.

-옛날 생각 하셨구나. 맞죠?

-그냥, 아버지 생각.

-그냥은 무슨 그냥. 그게 어디 그냥 생각할 일인가.

-오래돼서 기억이 잘 안 나서.

-하긴, 워낙 많은 환자들을 보셨을 테니 기억을 못하실 수도 있지요. 하지만 나는 선생님 보자마자 알 수가 있더라고요. 그래서 반가운 마음에 옆에 앉았는데. 못 알아보기에 '다행이다' 싶다가, 또 섭섭하기도 했다가. 그날 일이 생각나 부끄럽기도 했다가, 화가 나기도 했다가. 그래서 어제 좀 마셨어요.

-하긴, 조금 이상해 보이기는 했어.

-그렇죠? 표가 났죠? 그런데 선생님 뭐 하나만 물어봐도 돼요?

-응.

-정말 물어보고 싶었던 건데요.

-물어봐.

-내가 우리 아빠 죽인 것 아니죠? 그렇죠?

-…

-내가 우리 아빠 죽인 것 아니죠? 그죠? 마지막에 썼던 문장, 원래 다 그렇게 쓰는 거지요? 형식상. 원래 그렇게 하는 거지요?

-그래. 원래 그렇게 하는 거야. 세희가 죽인 것 아니야. 넌 착한 딸이었어.

그녀는 하얗게 이를 드러내며, 빨간 실핏줄이 가득한 눈으로 한참 동안 나를 보았다. 그러다 갑자기 소리를 질렀다.

착하다는 말 내게 하지 마.

검은 고양이는 어떻게 되었나

윤기가 흐르는 잿빛 깃털을 가진 두 마리 멧비둘기가 앞집 정원에 내려앉았다. 짙은 고동의 꼬리를 살짝 들고 목을 아래로 빼내 마른 잔디들 사이 뭔가를 쪼았다. 두 녀석은 가끔 몸을 비비듯 스치며 걷기도 했다. 연인 사인가? 어느 쪽이 수컷이고 암컷인가? 녀석들에게 공연한 질문이라도 해볼까? 아주 잠깐 고민했지만 곧 고개를 저었다. 요즘 같은 세상에 성별이 뭐 중요할까? 연인이면 되었지. 중요하지도 않았고. 대답할 리 없는 녀석들이기도 했다.

못 보던 놈들이었다. 앞집 지붕 태양전지 패널에 앉아 까악 거리다 날아가는 까마귀나 스트로브 잣나무 가지에 앉아 고개를 뺐다 넣었다 좌우로 돌리며 울어대는 까치였다면 별 신경을 쓰지 않았을 것이다. 이 동네로 이사 온 후 일년 동안 한 번도 본 적 없는 멧비둘기였다. 정원을 가진 집들이 모여있고 뒤로는 산이 있으니 멧비둘기가 오는 것이 이상한 일은 아니다. 다만 내가 처음 본다는 것.

담배를 피우러 나가려던 참이었다. 의자에 걸쳐놓았던 점퍼를 입으며 거실 창 앞에 섰다. 푸르스름한, 구름 한 점 없는 하늘. 점심나절에 잠시 내렸던 진눈깨비, 그것으로 끝이겠군. 오늘 저녁에도 화성을 볼 수 있겠는데. 늦은 저녁 처마 밑에 서서 올려다보면 붉은 별이 항상 머리 위에 있었다. 언젠가부터 달 대신 붉은 별에게 말을 걸었고 구름이 가득한 날이면 붉은 별을 찾아 동네를 서성였다. 누군가 자신이 죽을 때가 되면 토성에서 우주선이 올 것이라고 말했었다. 나는? 나는 아마도 화성에 갈 터였다.

점퍼 주머니를 더듬었다. 담뱃갑과 라이터가 있는 것을 확인했고 현관 쪽으로 돌아서다 멧비둘기 한 쌍을 보았다. 지금 문을 열고 나가면 녀석들이 날아가겠는데. 녀석들의 식사 시간 혹은 밀회의 시간을 방해하고 싶지 않았다. 녀석들이 다른 곳으로 갈 때까지는 참아야겠어. 조금 있다 피우지 뭐,

담배, 한 달 전 나는 십 년 만에 다시 담배를 피우기 시작했다. 그날 나는 문득 과자가 먹고 싶어져 편의점에 다녀왔다. 집으로 돌아와 가족들에게 과자를 나눠주었다. 큰아이에게는 콘칩, 작은아이에게는 뿌셔뿌셔를 주었고 아이들의 엄마에게는 새우깡을 건넸다. 나는 감자깡을. 여기저기서 부스럭거리는, 아니 바삭거리는 소리가 집 안을 가득 채웠다. 평온한 저녁이었고 가슴이 따듯해진 나는 행복했다. 거실 테이블에 놓여있던 책을 집으려다 스마트폰을 켰다. 카톡과 뉴스, 메일을 살피고 문자함을 열었다. 읽지도 않을 문자들을 지우다 전날 새벽에 수신된 문자 한 가지만 남겼다. 목이 마르지 않는지 아이들에게 물었고 나는 다시 편의점으로 갔다. 사이다와 레모네이드를 샀고 계산하던 중 담배 한 갑과 라이터를 추가했다.

　십 년 만에 들어온 연기는 머리를 가득 채웠다. 다리에 힘이 빠져 쓰러질 뻔했고 헛구역질을 몇 번 했다. 편의점 앞 벤치에 앉아 맥주를 마시던 사람들 중 몇몇이 수군거렸고 포메라니안 한 마리를 데리고 오던 남자는 편의점 처마 기둥에 강아지 줄을 묶고 들어가며 나를 힐끔 보았다. 줄을 자른 뒤 포메라니안을 안아 들고 도망가는 데 얼마나 걸릴까

하는 생각을 하다 애들 엄마가 강아지를 좋아하지 않는다는 것, 강아지를 키우려 해본 적 없다는 것, 그리고 말이 안된다는 사실을 떠올렸다. 다시 편의점으로 들어가 초코우유를 사서 입을 헹궜다. 겉옷을 벗어 서너 번 연기를 털어낸 후 집으로 돌아왔다.

앞집과 우리 집은 정원을 맞대고 있다. 사이에 작은 담장이 있기는 하지만 구분을 하려고 그어놓은 선 정도에 불과했다. 거실의 창을 통해 앞집의 정원이 훤히 보였다. 두 집의 첫 주인들은 무척 친한 사이였을지도 모른다. 어쩌면 땅의 모양이나 그런 것 때문에 어쩔 수 없이 선택한 구조이거나. 두 집 모두 주인이 바뀐 후 담장을 따라 철쭉, 영산홍 같은 관목을 심고 군데군데 괴상한 모양의 바위를 가져다 놓았다. 하지만 마음의 위안일 뿐 서로를 가리지는 못했다. 그리고 지난 늦여름 내가 이사를 왔다.

앞집 정원의 국화가 피고 지는 것, 로즈마리의 흰 꽃이 누렇게 떡이 되는 것, 잔디가 말라가는 것을 보며 가을을 보냈다. 그 가을 초입에 앞집 사내와 인사를 했다.

사내는 정원의 한가운데 쪼그리고 앉아 흰 플라스틱 그릇 두 개에 작은 알갱이들을 부어 담고 있었다. 집 옆 사유지에 심긴 나무에 대해 핸드폰으로 검색하다 나무의 이름이 스트로브 잣나무라는 것, 스트로브 잣나무의 열매는 먹지 않는다는 것 따위를 읽고 있던 나는 이 기회에 인사나 나누어야겠다 싶어 현관문을 열고 밖으로 나갔다. 두 개의 그릇에 쌓인 알갱이들을 손으로 평평하게 만든 뒤 사내가 일어섰다.

-안녕하세요.

사내는 움찔하며 한 걸음 뒤로 물러섰고 한껏 입가를 올려 웃고 있는 나를 보았다.

-네, 안녕하세요.

-얼마 전 이사 온 사람입니다. 인사가 늦었습니다. 잘 부탁드리겠습니다.

-아, 네에.

사내는 나를 아래위로 살피다 목례를 한 뒤 담장 끝 수돗가로 갔다. 노란 그릇에 물을 담아 흰 그릇 두 개 사이에 놓았다.

바로 걸음을 돌려 들어오기에는 조금 멋쩍었다. 한두 마디 혹은 서너 마디. 다음에 차라도 한잔하시지요, 그러지요, 언제든 환영입니다, 같은 대화가 이어지거나 혹은 몇 주째 비가 내리지 않아 매일같이 잔디에 물을 주는 것이 힘든 일이라는 것, 그 힘든 것을 애들 엄마들이 잘 알아주지 않는다는 등의 이야기라도 하고 인사를 마쳐야 한다는 강박이 있었다.

-뭔가요? 강아지들 밥입니까?

-아니, 뭐. 고양이들도 먹고, 강아지들이 먹기도 하고.

-아, 고양이도 키우십니까? 강아지도 키우시고?

-그럼 저는 이만.

사내는 바쁜 일이 있는 듯 집으로 들어갔다. 이상한 사람일세, 많이 바쁜가? 나는 한동안 사내의 집 현관문을 보다 집으로 들어왔다. 그리고 거실 창으로 사내의 정원에 놓인 흰 그릇, 노란 그릇을 살폈다.

고양이들이 왔다. 갈색 줄무늬를 가진 녀석과 검은 몸통에 흰 발목을 가진 녀석. 가끔 우리 집 정원을 가로질러 지나가던 고양이들이었다. 애들 엄마와 나는 거실 안에 있으면서도 숨어있는 듯 숨을 죽이며 보았었다. 고양이들이 지나가고 나면 큰 숨을 내쉰 후 둘이서 이야기를 나누곤 했다. 길고양인가? 그렇겠지? 그런데 덩치가 저렇게 커? 그러게. 얼굴도 이상한데. 삵인가? 삵? 왜 있잖아. 중학교 교과서에 나오던 삵 말이야. 자기 삵 본 적 있어? 아니. 그런데 어떻게 알아? 그냥. 왠지 저런 얼굴일 것 같아. 피이, 자긴 항상 그런 식이지. 어쨌건 우리가 아는 고양이하고는 조금 다르잖

아. 그건 그래. 삵이랑 고양이랑 섞인 건가? 야생의 세계는 모르는 거니까. 녀석들은 제 집처럼 드나들었고 녀석들을 볼 때마다 우리는 비슷한 이야기를 나눴었다.

사내와 인사를 나눈 날 저녁, 퇴근한 애들 엄마가 건넨 장바구니를 식탁 위에 가져다 놓고 그녀의 손을 잡고 거실 창 앞으로 왔다.

-고양이들 말이야, 여기 앞을 지나가던 고양이들.

-왜? 또 지나갔어. 한두 번도 아닌데, 새삼스레.

-그게 아니고, 녀석들이 어디서 먹이를 구해 먹고 저렇게 살이 쪘나 궁금했잖아. 드디어 알아냈어.

-그래? 어딘데?

-바로 앞집. 앞집 사람이 밥을 주고 있더라고. 말로는 강아지도 먹고 고양이도 먹고 그런다고 하던데, 강아지는 없는 것 같고, 고양이가 먹는 것은 확실해. 내가 봤어.

-좋은 일 하시네.

애들 엄마는 거실 커튼을 친 후 가방을 들고 안방으로 들어갔다. 나는 식탁에 두었던 장바구니에서 포장된 반찬들을 꺼냈고 찬장에서 그릇을 가져와 반찬들을 담았다. 옷을 갈아입고 나온 애들 엄마가 물었다.

-그러면 앞집 사람이랑 인사를 한 거야?

-그런 셈이지. 남자.

-아줌마는 사근사근하던데, 남자는 어때?

-잘 모르겠어. 몇 마디 안 했어. 바쁜 일이 있는지 금방 들어가 버리더라고.

-그러면 그 이야기가 앞집 남자를 두고 한 이야기인가?

-무슨 말이야? 뜬금없이.

-주민 밴드에 올라온 글이 있더라고. 댓글이 많이 달린. 자기도 밴드 좀 들어가 봐, 따지고 보면 하루 중 이 집에 제일 오래 지내는 사람이잖아.

우리가 이사 오기 전 주민 밴드에 올라온 글이었다. 길고양이에게 먹을 것을 주지 말라는 내용이었는데 밑으로 달린 댓글이 많았다. 대부분 글의 내용에 동의하는 것들이었지만 중간에 한 번씩 고양이들이 불쌍하다는 댓글이 있고 그 밑으로 다시 동네 전체를 위해서 참으시라는 댓글, 그렇게 불쌍하면 집에 들여놓고 키우라는 댓글, 동사무소에 민원을 넣었다는 댓글 등이 달려있었다.

-자기는 어떻게 생각해?

애들 엄마가 물었다.

-나는 뭐, 아무 생각이 없는데? 먹이 주고 싶은 사람은 주는 거지. 막을 수 있나? 그건 그렇고, 오늘 P에게서 전화가

왔었어.

-P? 우리 결혼식 사회 봤던 P?

-응. 맞아. 근 십 년 만에 연락이 왔어. 내가 좀 무심하긴
했지.

-서로가 무심한 거지. 무슨 일인데?

-돈을 빌려 달라 하더라고.

P와는 중학교, 고등학교를 같이 다녔다. 초등학교는 달랐
지만 같은 동네에 살았으니 어린 시절, 청소년 시절을 함께
보낸 셈이다. P는 말주변이 좋고 사람들을 휘어잡는 능력이
뛰어나 줄곧 반장, 회장을 도맡았다. 총각이었던 P에게 결혼
식 사회를 부탁한 것도 그런 이유가 컸다. 그즈음 보험회사
에 다니고 있었다. 결혼 후 일 년쯤 지났을 무렵 P가 찾아왔
다. 퇴근 시간에 맞춰 회사로 와 저녁을 사겠다고 했다. 저
녁을 먹으며 소소한 이야기들을 나누던 끝에 P가 보험 가입
을 권유했다. 당시 유행하던 변액보험, 종신보험이었다. 보
험이 내게 줄 이점을 열심히 설명하던 P의 말을 끊고 내가
말했다. 지금 내 형편이 그렇게 좋지 못해. 와이프는 아직
학생이라 학비를 대어야 하고, 이제 막 태어난 애 밑으로도
돈이 제법 많이 들어간다. 너는 아직 결혼 전이라 잘 모를
수도 있는데 가정을 유지한다는 것이 만만치 않더라. 미안

하다. 지금 나는 내 미래가 아니라 현재가 더 큰 문제다. 이
해 좀 해주라. 대신 애 앞으로 적당한 보험 하나 알아봐 줘,
애들은 자주 아프니까 도움이 될 것 같다. 정말 미안하다.

실망한 P와 미안한 나는 말을 더 잇지 못했다. 우리는 자
리에서 일어섰다. 그날 계산은 내가 했다. 며칠 후 P가 아이
앞으로 된 보험 계약서를 가지고 왔고 나는 아파트 지하 주
차장 차 안에서 사인을 했다. 몇 년 후 계약 담당 설계사가
바뀌었다는 말을 문자로 통보받았다. P로부터는 연락이 없
었고 이후로도 우리는 서로 연락하지 않았다. 녀석의 소식
을 간간히 듣기는 했다. IT 버블이 터지면서 주식투자에 실
패해 힘들어한다는 이야기, 다른 동기의 사업에 투자를 했다
가 일이 잘못되어 동기들 간에 소송이 붙었다는 이야기 등이
었다. 그사이 나는 다른 지역으로 이사를 했고 동기들 모임
에 나가지 못했고 녀석과도 마주치지 않았다. 힘든 삶을 견
뎌내야 하는 시기였다. 나도 P도. 그 P에게서 전화가 왔다.

-그래서? 자기는 뭐라 했는데?

-당연히, 당연히 안 된다고 했지.

-P가 하는 이야기를 다 들어줬고?

-아니, 바쁘다고 바로 끊었지.

제법 오래 통화를 했다. P는 애들 엄마와 아이들에 대해

물었다. 다른 동기들을 통해 내 이야기를 전해 들었다며 직장은 어떤지 지금 사는 곳은 살기에 좋은지 궁금해했다. 다락방에 모여앉아 카드놀이를 하던 지난 시절을 이야기하며 아버지와 어머니의 안부를 묻기도 했다. 나도 P에게 뭔가 물어야겠다 생각했지만 딱히 떠오르는 것이 없었다. 이미 들어 알고 있는 것들을 녀석에게 확인받는 듯 보이고 싶지 않았다. 기껏 생각해낸다는 것이 수재 소리를 들었던 녀석의 형 근황을 묻는 정도였다. 오랜만의 대화치고는 소재가 금방 떨어졌고 전화기 사이로 약간의 침묵이 흘렀다. 헛기침을 두어 번 하던 녀석이 입을 열었다. 너, 요즘 형편이 좋다며? 애들이 그러더라. 집도 큰 곳으로 이사했고 하던 일도 잘되고, 제수씨도 전문직이라 수입이 좋다 하더라. 솔직히 말할게. 돈 좀 빌려줘라. 일 년 안에 갚을게.

아파트 갭 투자를 하는 중이라 했다. 내가 묻지 않았는데 녀석이 말을 이었다. 많이 가진 것도 아니야. 열 개도 안 돼. 나는 피라미지. 이 시발 놈들이 세금은 올리면서 대출은 막아버리고, 은행 이자는 올라가고. 전세 들어와 있던 사람들은 계약 끝나고 나가겠다는데 집이 팔려야 말이지. 작년까지는 딱 좋았는데 말이다. 이번에 싹 팔고 정리해서 큰 걸로 옮겨 타려고 했는데, 시발. 이것들이 서로 짰는지 한꺼번에

나가겠다고 하네. 배 째라 하고 싶은데 정말로 배를 쨀 것
같게 해서 말이다. 좀, 도와주라. 친구야.

미안하다. 이번에도 나는 미안하다를 반복했다. 네가 말
했다시피 조금 큰 집으로 이사를 했잖아. 그래서 여윳돈이
없다. 미안하다. 매번 내가 이러네. 이해해주라. 녀석은 한숨
을 몇 번 쉬었다. 그래, 알았다. 잘 살아라. 그러고는 전화를
끊었다.

-결국 터졌어.

가을이 끝나갈 무렵이었다. 식탁에 앉아 핸드폰을 살피던
애들 엄마가 혼잣말하듯 말했다.

-뭐가?

커피를 내리던 내가 물었다. 애들 엄마는 핸드폰을 가지
고 와 화면을 보여주었다. 몇몇 주민이 앞집을 찾아가 항의
를 했다. 길고양이에게 밥을 주지 말라고. 앞집에서는 내 땅
에서 내가 주는 것인데 무엇이 문제냐고 대답했고 서로 언
성을 높이다 경찰이 왔고, 결국 통장이 중재했다. 글에서는
중재라고 했지만 내용인즉 앞집의 일방적인 패배였다. 동사
무소든 구청이든 이야기해서 동네의 길고양이들을 포획하
기로 했고, 앞집은 더 이상 고양이들에게 밥을 주지 않기로

했다. 앞집 사내는 알았어, 알았다고. 고함을 뱉어냈다. 그러고는 대문을 닫고 집으로 들어갔다. 한동안 대문이 흔들렸다고 그 자리에 있었던 주민 한 명이 댓글을 달았다.

이후로 앞집 정원에서 흰 그릇, 노란 그릇 어느 것도 보지 못했다. 여전히 고양이들은 우리 집 정원을 가로질러 다녔다. 크고 살찐 모습 그대로. 이후 나는 앞집 정원을 들여다보지 않았다. 굳이 봐야 할 이유도 없었고 앞집 사람들과 마주치고 싶지 않았다. 그러다 오늘 멧비둘기를 보았다.

멧비둘기들은 살이 올라 제법 통통했다. 녀석들의 눈은 밤하늘에서 살피던 화성보다 붉었다. 겨울, 늦은 오후 바람 한 점 없어 나뭇가지들도 그대로, 부풀어 오른 매화 망울마저 그대로 멈춰버린 장면 속에 멧비둘기들만이 살아 움직였다. 지금 당신이 보고 있는 것은 그림, 사진이 아니야, 라고 말해주는 듯했다. 그러던 중이었다.

멧비둘기 녀석들이 언제쯤 가려나. 주머니 속의 라이터를 손으로 만지작거리던 내 시야 한쪽에서 뭔가가 움직였다. 고개를 돌렸다. 고양이었다. 우리 집 정원 담 한 구석에 갈색 줄무늬를 가진 녀석이 잔뜩 몸을 낮춰 멧비둘기를 보고 있었다. 나는 라이터를 만지던 손을 주머니에서 빼내 가슴팍으로 가지고 왔다. 손바닥을 펴고 가슴을 지그시 눌렀다.

쿵쾅거리는 심장을 달래려 했지만 소용없었다. 갈색 줄무늬는 아주 조금씩 담을 따라 걷다 멈추고 걷다 멈추고를 반복했다. 갈색의 파도처럼 물결치며 우리 집 정원을 가로지르던 그 모습이 아니었다. 무늬의 흔들림이 보이지 않았다. 사진들을 이어 동영상을 만들듯 갈색 줄무늬는 담을 배경으로 조금씩 앞으로 나아갔다. 소나무 잎 하나 흔들리지 않아 바람 한 점 없다 느꼈었는데 갈색 줄무늬의 수염이 흔들리는 것을 보고서야 창 바깥 정원에 불고 있는 약한 바람을 알았다. 갈색 줄무늬는 바람을 정면으로 두고 걸었다. 바람 속 녀석의 털 한 올 한 올은 세상의 모든 신호를 탐지하는 안테나 같았다.

멧비둘기들과 갈색 줄무늬 그리고 내가 거의 일직선상에 놓였다. 갈색 줄무늬는 고개를 들어 멧비둘기들을 살폈다. 그리고는 몸을 한껏 움츠려 둥글게 말았다. 창을 두드려 멧비둘기들에게 신호를 주어야 하나 잠깐 고민을 했다. 하지만 그러지 못했다. 입속에 침이 고였지만 삼키지 못했다. 무언가가 내 손과 팔을 잡고 놓아주지 않는 듯했다. 아무것도 할 수 없었다.

갈색 줄무늬가 튀어 올랐다. 담을 뛰어넘은 갈색 줄무늬는 한 발, 두 발, 세 번째 걸음에서 땅을 디디고 공중으로 뛰며 두 앞발을 길게 뻗었다. 곧추세운 긴 발톱이 겨울 햇빛을 받아 차갑게 반짝였다.

한 달 전, 십 년 만에 담배를 다시 피우기 하루 전 새벽, 고등학교 동창회에서 문자가 왔다. 알림 설정을 무음으로 해 둔 탓에 다음날 저녁이 되어서야 문자를 확인했다.

"부고알림, 11회 졸업생 P 본인 상. 발인 : ○월 ○일, 빈소 : ○○대학병원 장례식장, 삼가 고인의 명복을 빕니다."

문자를 본 나는 아이들에게 목이 마른지 물었고 편의점으로 가 담배와 라이터를 샀다. 길게 한 모금 연기를 빨아당기고 문자를 다시 보았다.

"P 본인 상"

K에게 전화를 걸었다.

–이게 무슨 말이야?

–이제 봤나? 그러게 말이다.

–사고야? 어디 몸이 안 좋았어?

–아이다. 목을 맸단다. 자기 방 문고리에 넥타이를 감았단다.

–방 문고리가 얼마나 높기에? 거기서 목을 매는 게 가능해?

-그게, 죽겠다는 의지가 강하면 앉아서 목을 맬 수도 있단다. 아무튼 기가 찰 일이지. 니는? 니는 P한테 받을 것 없나?

-받을 거?

-빈소에 조문객 반, 빚쟁이 반이란다. 돈 빌려준 동기들하고 선후배들도 꽤 되고. 하긴, 니는 졸업하고 다른 곳으로 이사 간 뒤로 동기들하고 왕래가 없었으니 알 수 없었을 거다. 아닌데, 니 결혼식 사회를 P가 보지 않았나? 맞제?

-그래. 그렇기는 한데, 빌려달라는 이야기도 없었고 그럴 능력도 없다. 전화를 받아도 못 빌려줬을 거다. 안 빌려주는 게 아니고 못 빌려주는 거.

P에게서 전화가 왔었고 돈을 빌려달라 했으나 빌려주지 않았다고 말하지 못했다.

-금마가 몇 개월 전부터 부쩍 동기들한테 돈을 빌리고 다녔다 카더라.

주식이다 가상화폐다 해서 벌려놓은 일이 많았다고 했다. 거기다가 아파트 갭 투자를 하겠다며 고객의 돈을 끌어다 썼고 그 사실이 들통나면서 고객과 회사로부터 고소를 당해 소송 중이었다.

-그게 끝이 아니다. 그것 말고도 땅 투자 명목으로 동기들 돈을 모아 산 땅이 맹지였던 거라. 알겠나? P가 말한 거래 가

격보다 한참 가치가 떨어진 땅이었던 거지. 그래가 난리가 났지. 니가 이럴 수 있나, 돈을 돌려달라, 안 했겠나. P가 그랬다 카데. 못 준다, 너그도 크게 한번 먹어 볼라고 한 것 아이가? 투자를 한 것이니 죽이 되든 밥이 되든 기다리라. 그래가 하는 수 없이 물려있는 친구들도 많단다. 의는 상할 대로 상하고. 이래가 친구끼리는 돈 거래 하지 말라고 한 건데.

한동안은 P가 하는 일이 잘 되었다고 한다. 추석이나 설이면 룸살롱 같은 곳에 앉아 동기들을 불러 모아 술을 샀고 동기들 집안 대소사마다 참석해 기대보다 한참 많은 축의금과 조의금으로 인심을 크게 썼다. 그러면서 한 달마다 받는 월급만으로는 아무것도 할 수 없다며 고급 시계를 찬 손목을 흔들었고 가끔 동기들 생일이면 외제차를 타고 집 근처로 찾아와 운전석에 앉은 채 케이크나 선물을 건넸다. 욕심이 난 동기들이 P를 찾아가 스스로 돈을 맡겼다. 잘되는 동안에는 배당금이니 이자니 하는 명목으로 꽤 큰 수익을 동기들에게 안겨주었다. 어디를 가든 환영받았지만 상황이 나빠지면서 분위기가 달라졌다.

-니는? 상가에 올 꺼가? 나는 가기 싫어도 가야 한다. P 아버지하고 우리 아버지하고 죽마고우다 아이가. 그래노이 내한테는 돈의 돈 자도 안 꺼낸 거지. 암튼, 아버지가 같이

가잔다. 니 안 갈 거면 내가 대신 부조 전해줄 끼고.

푸드득, 앞집 정원에 잿빛 깃털이 흩날렸다. 갈색 줄무늬
의 앞발에 걸려든 멧비둘기 한 마리가 버둥거렸다. 나머지
한 마리는 거의 수직으로 솟아올랐다. 정원 위를 한 바퀴 돌
며 지켜보거나 남은 한 마리를 위해 갈색 줄무늬를 위협하
지도 않았다. 마침 갈 곳이 있었다는 듯 산으로 날아갔다.
갈색 줄무늬의 앞발에 걸려든 멧비둘기는 결국 목을 내주
었고 그 때문인지 비명 소리도 내뱉지 못했다. 갈색 줄무늬
도 마찬가지. 멧비둘기의 목을 물은 탓에 아무런 소리도 내
지 않았다. 네 다리를 쭉 뻗어 잔뜩 낮추었던 몸통을 일으켰
다. 고개를 흔들어 입에 문 멧비둘기의 상태를 확인한 뒤 방
향을 바꿔 빠르게 걸었다. 잠시 걸음을 멈추더니 이쪽으로
고개를 돌렸다. 거실 창으로 내 모습이 보이는지 알 수 없었
지만 우리는 눈이 마주쳤다. 갈색 줄무늬의 흰자위가 붉게
물들었다는 느낌도 잠시 초점을 잃은 멧비둘기의 눈동자가
지나쳐갔다. 갈색 줄무늬는 담을 넘어 시유지로 뛰어내렸고
스트로브 잣나무 아래에서 멧비둘기를 고쳐 물고 우거진
관목들 사이로 들어갔다.

그제야 나는 가슴팍을 누르고 있던 손을 내렸다. 밖으로

나가 담배 한 개비를 꺼내 물고 불을 붙였다. 담장 가까이
다가갔다. 잿빛 깃털과 짙은 고동의 꼬리털이 마른 잔디 위
에 얹혀 있었다. 말라붙은 잔디 위를 물들인 붉은 핏방울 자
국이 보였다. 문득 멧비둘기들이 무엇을 먹고 있었는지 궁
금했다. 담을 넘어갈 수는 없어 담에 붙어 서서 고개를 빼
아래를 살폈다. 노란 알갱이들이 뿌려져 있었다. 작은 식물
들의 씨앗이거나 우연히 흘린 곡식 따위는 아니었다. 새 모
이였다. 누군가가 흩뿌린.

앞집 현관문이 열렸다. 사내였다. 사내는 내가 서 있는 것
을 알고 있었다는 듯 속도를 늦추지 않고 정원으로 걸어 나
왔다. 나는 멧비둘기를 잡다 들킨 고양이처럼 뒷걸음질을
치다 정원에 놓인 바위에 부딪히고 나서야 멈췄다. 사내가
나를 보았고 나는 무심결에 묵례를 했다.

　-그게, 저.

　-알아요.

'알아요.'라고 했는지 '알아.'라고 했는지 분명하지 않았
다.

　사내는 잔디 위에 흩어져있던 깃털들을 주워 모아 한쪽
에 둔 다음 두 발로 땅을 파고 비벼 핏자국을 지웠다. 모아
둔 깃털을 가지고 들어갔다가 이내 다시 나왔다. 사내의 손

에 들려있는 것은 새 모이 봉지였다. 농부가 보리 씨앗을 뿌리듯 새 모이를 흩뿌렸고 나를 한 번 힐끔 쳐다보았다. 그리고 말했다.

-담배.

-네?

-담배가 다 탔는데.

-아, 네.

필터 근처까지 타들어 간 담배꽁초를 바닥에 비벼 껐다. 고개를 드니 사내는 사라지고 없었다.

그날 나는 장례식장에 갔다. K가 장례식장 입구에서 기다리고 있었다.

-어떻게 이까지 올 생각을 했냐?

-결혼식 사회까지 봐줬는데 이 정도는 해야지. 아버지는?

-아버지? 누구? 우리 아버지? 먼저 가셨다. 니 온다고 얼굴 잠깐 보고 들어가겠다고 먼저 가시라 했지.

몇 개의 화환을 지나쳐 빈소에 들었다. P의 아버지가 상주 자리에서 손님을 맞았다. 절을 하려 서니 P의 얼굴이 눈에 들어왔다. 녀석은 웃고 있었다. 절을 하고 P의 아버지와 인사를 나눴다. 푸석해진 얼굴과 부은 눈을 오래 마주할 자신이 없어 서둘러 접객실로 나왔다. 접객실의 분위기는 들었던 것보다 꽤 차분했다.

　-조용하네. 난리가 난 듯 말하더니.

　-P 아버지가 다 해결하겠다고 했어. 그러니 다들 돌아갔지. 자식이 부모에게 빚을 남기고 간 거지. 에혀. 우리 아버지 우셨다. 친구 불쌍하다고. 괜히 나만 한소리 들었다 아이가. P처럼 헛바람 들어 돌아다니지 말고 착실하게 살라고. 나는 착실하게 살고 있는데 말이다.

　P의 아버지는 P에게 돈을 빌려준 사람에게는 돈을 갚겠다고 약속했고 P와 소송 중인 사람들에게는 그들이 원하는 조건에 가능한, 아니 최선을 다해 맞춰줄 것이니 소송을 취하해달라고 부탁했다. 소송 당사자가 죽은 마당에 무슨 소송이냐며 버틸 수 있는 상황이었지만 P의 아버지는 P가 모두로부터 용서받기를 원했다. P와 엮여있던 동기들, 선배들, 후배들은 모두 고개를 끄덕였다. 몇몇이 구석에 모여 이럴 수는 없다, 그러면 어쩌란 말이냐, 서로 언성을 높이기도 했지만 잠시 그러다 말았다. P의 아버지에게 위로의 말을 건넸고 부의함에 조의금을 넣은 뒤 돌아갔다.

　-희한하제? 그렇게 많은 사람들한테서 돈을 모으고 사기를 쳤는데 P 지 앞으로 남아있는 게 별로 없다는 거. 갭 투

자 한다고 사 모은 아파트도 명의만 P 꺼지 실제는 은행 것이고. 주식 계좌에 남아 있는 돈도 없고. 가상화폐 계좌는 열어볼 수도 없을 끼고.

 -그게 중요해? 이제 아무 의미도 없는 것을.

 -그래도 궁금하지. 그래서 내가 또 알아봤다 아이가. 글쎄 P도 결국은 당한 것 같더라고.

 -뭘 당해?

 -5기 선배 중에 L이라고 있어. 보험 하는. P를 맨 처음 보험업계에 끌어들인 것도 L이고.

 -그런데?

 -그 L이 P한테 빨대를 꼽아 쪽쪽 빨았다는 이야기가 있더라고.

 -빨대가 뭐냐? 쪽쪽은 뭐고. 그래도 장례식장인데 웬만하면 좋은 말로 해라.

 P를 보험업계에 불러들인 L은 P에게 보험 영업이 아닌 다른 경로로 돈을 모으는 법, 그 돈으로 돈을 불리는 법, 그리고 책임을 회피하는 법을 가르쳤다. P는 L에게 배운 방식으로 여럿의 돈을 모아 주식을 했다. 가상화폐, 갭 투자, 기획 부동산, 돈을 탐할 수 있는 모든 곳, 돈이 몰려다니는 모든 곳에 발을 들였다. 가까운 이들의 신뢰와 가깝지 않은 이

들의 탐욕을 이용해 돈을 모았다. 그 꼭대기에 L이 있었다.

  -P가 헛꿈을 꾼 거지. 뿌려 주는 놈은 다른 생각인데 말이다. 처음에 돈을 팍팍 쥐어주니까 얼마나 좋았겠냐. 동기들한테 가오도 살고. 그걸 보면서 또 여럿 헛꿈 꾸게 되고. P는 그게 다 자기 꺼 되는 줄 알았겠지. 헛똑똑이, 헛똑똑이. 결국 P가 손에 쥔 건 하나도 없었다는 거 아니가. 뒤늦게 깨닫고 P 지 혼자 뭘 해보려 했지만 그게 쉽나? 지 친구들, 지를 아는 사람들 모두 돌아섰는데. L이 그렇게 부리고 있는 게 P 한 명이 아니고 여럿이라 카더라. 아마 지금쯤 모두 속 끓고 있을 거라고.

  -확실한 팩트 아니면 말하고 다니지 마라. 그러다 너, 봉변당한다.

  -니, 내가 거짓말하는 거 봤나? 백 퍼 진짜라니까.

  퇴근한 애들 엄마에게 오후에 있었던 멧비둘기 일을 이야기했다. 현장을 보지 못해서인지 애들 엄마는 크게 놀라지 않았다. 그런 일이 있었어? 다소 담담한 말투로 대답했다. 옷을 갈아입는 애들 엄마 옆에 서서 사건의 시작과 끝, 다정해보였던 멧비둘기 두 마리부터 담뱃불을 끄고 보니 안으로 들어가 버린 앞집 사내의 이야기까지 천천히 그러나 생생하게 전했다. 옷을 다 갈아입은 애들 엄마가 물었다.

  -검은 고양이는? 개는 없었어? 발목이 흰 고양이 말이야. 뚱뚱하기는 그 고양이가 더 뚱뚱했는데.

  -아니, 지금 뚱뚱한 게 핵심이 아니잖아. 고양이가 멧비둘기를 잡아먹었다니까. 앞집 남자는 새 모이를 뿌렸고.

  애들 엄마는 나를 한 번 보고는 주방으로 향했다. 나는 그녀를 따라 주방으로 들어갔다. 냉동실 문을 열어 저녁거리를 살피던 애들 엄마가 가만히 서 있는 나를 보았다.

  -알아, 다 들었어. 무슨 신나는 일이라고 이렇게 쫓아다니는 거야. 그냥, 나는 녀석들이 뭘 먹고 살이 쪘었는지 궁금했지. 이제 알 것 같네. 그동안 멧비둘기를 잡아먹어서 그렇게 살이 쪘던 건가 싶네. 그나저나 검은 고양이는 어떡하나? 혼자면 외로울 텐데 말이야. 하긴 이 동네에 고양이가 한두 마리도 아니고. 외롭기야 하겠어. 이제 자기도 그만하고 저녁 먹을 준비나 하자. 식탁에 수저도 놓고. 밥은? 밥은 있어?

  전기밥통 뚜껑을 열어 밥 양을 살피는 나에게 애들 엄마가 말했다.

  -남아 있는 놈이야 어떻게든 짝을 찾겠지. 누가 잡아먹지만 않았다면.

그는 집으로 돌아와 발을 씻는다*

*「그는 집으로 돌아와 발을 씻는다」는 시인 최라라의 허락하에
그의 시 「나는 집으로 돌아와 발을 씻는다」를 변용하였다.

그는 집으로 돌아와 발을 씻었다.

　현관에 선 아이들을 옆으로 두고 발끝으로 걸어 욕실로 들어갔다. 그가 욕실로 들어간 뒤 순정이 거실로 나왔다. 고무장갑에 물이 스며들어 손이 잘 빠지지 않은 탓이었다. 새것으로 바꿔야지 했었는데. 우두커니 서 있는 아이들을 보았다. 아이들은 손을 들어 욕실을 가리켰다. 순정은 속옷과 새 양말을 욕실 앞에 가져다 놓고 다시 주방으로 가 남은 설거지를 했다. 설거지를 마친 순정은 거실 소파에 앉아 아이들을 옆자리로 불렀고 그가 나오기를 기다렸다.

　욕실에서 나온 그는 젖은 수건으로 현관부터 욕실까지

그가 걸었던 대로 되짚어가며 마룻바닥을 훔쳤다. 현관 입구까지 닦은 후 수건을 빨래 바구니에 가져다 넣었다. 그리고 거실로 와 소파 옆에 섰다.

-미안해.

덥수룩한 수염 사이로 그의 마른 입술이 열렸다 닫혔다. 약간 마른 듯한 그의 뺨을 바라보던 순정은 고개를 돌렸고 손을 더듬어 소파 구석 티브이 리모컨을 찾아냈다. 다녀오셨습니까? 아이들은 뒤늦은 인사를 했다. 요것들, 엄마 말씀 잘 듣고 있었지? 그는 큰아이의 머리를 쓰다듬고 한 손으로는 작은아이를 안아 올렸다. 순정은 리모컨을 들고 티브이 화면을 보며 채널을 돌렸다. 999번부터 시작한 채널이 57번에 이르렀을 때 그가 다시 말했다.

-미안해.

순정은 아무런 대답을 하지 않았다. 그에게 매달려 있던 아이들이 손을 풀었다. 잠시 소파에 앉아 있던 아이들은 눈을 맞추고 방으로 들어갔다. 그는 순정의 옆, 아이들이 앉았던 자리에 앉아 순정의 어깨에 손을 올렸다. 순정은 크게 숨을 내쉰 뒤 한동안 말없이 티브이 화면을 보았다. 티브이에서는 푸른 잔디밭을 배경으로 누구는 채를 휘두르고 누구는 작은 공을 굴리고 있었다.

-미안해. 알잖아. 이번에는 꽤 심각했었다고. 내 맘대로 할 수 있는 게 아니잖아.

순정은 리모컨을 내려놓고 몸을 돌려 앉았다.

-그것 때문에 이러는 게 아니잖아. 자기가 무슨 나쁜 짓을 하고 집에 들어오는 게 아니잖아. 할 일 하고, 해야 할 일을 하고 들어오는 거잖아. 그런데 왜 죄지은 것처럼 나도, 애들도 제대로 안 보고 욕실부터 들어가는 거야? 보나 마나 이번에도 생쥐마냥 발뒤꿈치를 들고 살금살금 들어왔겠지. 매번 그러잖아.

그는 그제야 빙긋이 웃으며 순정을 감싸 안았고 등을 토닥였다.

-열흘 동안 제대로 씻지 못했으니까, 옷에 먼지도 많고, 그리고 양말도. 땀으로 가득해. 땀이 굳어서 딱딱한 판자에 설탕 발라놓은 것 같다니까. 진득거려. 그냥 밟고 지나가면 마룻바닥이 진득거릴까봐 그러지. 깨끗하게 청소해놓은 당신한테 또 미안하고.

그를 밀어낸 순정은 눈을 흘겼고 그는 두 번 눈을 껌벅였다. 윙크를 잘 못하는 그가 하는 윙크였다.

-내가 언제 그런 일 가지고 자기한테 뭐라 한 적 있어? 열심히 일하고 왔으면, 열흘 동안 제대로 씻지도 못하고 일

했으면 그런 건 당연한 거지. 그런 것 감당하려고, 기꺼이 감당하겠다고 당신하고 사는 거잖아. 안 그러면 내가 당신 이랑 왜 살아? 그리고 안 되는 윙크를 왜 해? 하나도 안 멋 있거든.

그는 다시 순정을 안았고 순정은 그를 밀어내지 않았다. 그에게 안긴 채 아이들을 불렀다. 아이들에게 치킨을 먹고 싶은지 물었고 아이들은 함성을 질렀다. 치킨을 기다리는 동안 냉동실에서 대패삼겹살을 꺼내 구웠고 맥주와 소주, 그가 좋아하는 밑반찬을 작은 상에 올려 거실로 내왔다. 그 는 소파 밑으로 내려앉아 티브이를 보던 중이었다. 동해안 산불 진화 작업이 끝나고 이제 복구 작업이 한창이라는 뉴 스였다.

-웬일이야? 술상을 다 봐주고? 대패삼겹살까지.

-고생했으니까. 오늘은 특별히. 수고했어. 열흘 동안. 연기 맡으면 기름진 음식을 먹어야 한다며. 언제 올지 몰라서 빨 리 구울 수 있는 것으로 준비해놨지. 그리고 뉴스 좀 안 보면 안 돼? 지금까지 산불 끄다 왔으면서 산불 뉴스를 봐야겠어? 오늘 같은 날은 영화나 봐. 보다가 졸리면 가서 좀 자고.

순정은 그의 손에서 뺏은 리모컨으로 영화 채널을 틀었 다.

순정은 고모의 소개로 그를 만났다.

공무원만 한 직업이 없다. 소방학교를 졸업하고 이제 막 배치받은 신참이지만, 뭐라 카더라? 시 뭐라 했는데? 그래, 맞다. 시보. 소방시보라 카더라. 세월은 흐를 것이고 세월 따라 형편은 좋아질 거다. 처음부터 좋은 것이 어디 흔하나? 나이는 너보다 쪼매 많지만 내가 보기에는 차라리 그게 더 좋은 일이지 싶다. 오빠 하나 없이 자란 니한테는 딱이다.

사진 한 장을 건네며 고모가 말했었다. 빨리 시집가라는 아버지의 성화를, 그만둬 줬으면 하는 사장의 은근한 눈빛을 견디기 힘들던 때였다. 확, 시집이나 가버려? 오기가 순정을 부추겼다. 자기보다 여덟 살이나 많은 그가 마뜩치 않았지만 일단 한번 만나보라는 고모의 말에 고개를 끄덕였다.

오전에는 소방서에서 대기하고 야간에는 응급차를 몰던 그의 일정을 맞추기가 쉽지 않았다. 그를 처음 만난 후 한 달여가 지나고 나서야 두 번째로 마주했다.

더 미루다가는 순정 씨가 기다려주지 않으실 것 같아서 휴가를 내고 왔습니다. 일단 타십시오.

소형차를 몰고 온 그가 차 문을 열어주었다. 그렇지 않아도 아는 언니들한테 다른 남자 소개해 달라고 조르려던 중이었어요. 휴가를 내고 왔다는 그의 말에 순정은 준비했던 말을 삼켰다. 대신 무슨 말씀을요 바쁘신 것 다 아는데, 하며 조수석에 앉았다. 어디로 가려는 걸까? 조수석에 앉고 나니 생전 하지 않았던 상상을 했다. 곧 그가 버튼을 눌러 감미로운 음악을 재생할 것이고 한적한 야외 공원으로 가 발을 맞추며 걷겠지. 가끔은 서로의 어깨가 스치기도 할 것이고. 벤치에 앉아 그가 뽑아온 밀크 커피를 홀짝일 수도 있겠다 생각했다. 아주 고급은 아니더라도 약간은 분위기가 있는 레스토랑에서 저녁을 먹겠지. 돈까스 같은 것을 시키면 그가 대신 잘라주려나? 돌아오는 길에 그가 손을 잡으면 가만히 있어야 하나? 아직 시동도 걸리지 않은 차 조수석에 앉아 온갖 상상을 하던 순정에게 그가 말했다.

순정 씨, 이곳 토박이라 하셨지요? 저는 마 이 근처에서 살기는 했어도 영 숙맥이라 이곳 지리를 잘 모릅니다. 오늘 데이트삼아 같이 이 동네 쭈욱 한 바퀴, 아니 서너 바퀴 돌아봅시다. 안내 좀 해주십시오. 잘 부탁합니다. 제가 보답으로 맛있는 삼겹살을 쏘겠습니다.

응급차를 운전해야 하는데 신고내용만으로는 어느 곳으로 가야 할지 몰라 그도 환자도 고생이 많다는 이야기였다.

어느어느 슈퍼 앞, 어느어느 빌라 맞은 편, 무슨무슨 세탁소 사거리 등등. 신고자들이 말하는 내용만으로는 찾아가기가 힘들고 그러다 보니 응급환자 이송에 시간이 너무 많이 걸린다고 했다. 순정은 어이가 없었지만 한편으로는 그가 자신의 직을 대하는 태도에서 진심을 느꼈다. 순정의 안내에 따라 동네를 세 바퀴 돌고 순정의 안내 없이 한 바퀴 돌고 난 후 그는 순정을 소방서 근처 삼겹살집으로 데리고 갔다.

우리 소방서에서는 불을 끄고 나면 반드시 여기로 옵니다. 삼겹살을 먹고 난 후에야 집으로 돌아가는 거지요. 연기, 먼지, 냄새나고 몸에 안 좋다는 화학물질을 이 기름기가 싹 빼내 준다고 하거든요. 순정 씨, 제가 쌈 한번 싸드려도 되겠습니까?

그와 순정이 저녁을 먹는 동안 소방서의 다른 소방관들이 식당으로 들어섰고 합석을 했다. 순정은 제수씨라는 호칭을 수십 번 듣고 난 뒤에야 집으로 돌아올 수 있었다. 그리고 얼마 지나지 않아 그들의 제수씨가 되었다.

그래도 책임감 하나는 대단한 사람이구나. 자기 가족들에 대해서도 최소한 저 정도 책임감은 가지겠구나 하는 생각이 들었어요. 한번 그렇게 보기 시작하니까 다른 것들도 다 좋아 보이고. 힘든 일, 좋은 일을 하는 사람인데 내가 저 사람을 책임지는 것도 나쁘지는 않겠구나 싶었어요. 그래서 결혼했지요. 그런데 돌이켜보면 내가 달리는 차에서 뛰어내릴 수 없어 가지고 그래서 어쩔 수 없이 끌려간 것 같아요, 뭐. 결혼 후 순정은 고모를 만날 때마다 그날의 일을 꺼내고는 했다.

아파트 상가 마트 계산대에 장바구니를 올려놓던 중이었다. 핸드폰 벨이 울렸다.

-전화 받아.

마트 캐셔로 일하는 순정의 친구가 장바구니를 받아들며 말했다.

-뒤에 줄 길다. 급한 일이면 다시 전화하겠지.

순정은 장바구니에 든 물건을 꺼내 친구에게 건넸다. 계산을 끝내고 장바구니를 들고 나올 즈음 다시 휴대폰 벨이 울렸다.

-여보세요.

-여보세요. 제수씨. 접니다.

그의 직장 동료였다.

-어쩐 일이세요? 이 시간에.

-민수 아빠가, 바람이 불어 가지고, 민수 아빠가 나무에

서 떨어져 가지고, 크게 위험한 일도 아닌데, 바람이 불어 가지고.

순정은 장바구니를 마트 바닥에 내려놓았다. 휴대폰을 쥔 왼손이 심하게 떨렸다. 오른손으로 왼 손목을 잡으며 말했다.

-무슨 말이에요. 민수 아빠가 어떻다고요? 천천히, 알아 듣게 말씀해주세요.

그가 나무에서 떨어졌다, 응급실로 가고 있다, 바로 오는 것이 좋겠다는 내용이었다. 순정은 서둘러 마트를 나와 집으로 향했다. 빠른 걸음으로 걸으려 했는데 다리가 말을 듣지 않았다. 허공에서 헛걸음을 하듯 한 걸음 앞으로 나아가는 것이 힘들었다. 학원에 간 아이들 저녁은 어찌할지, 시댁에는 알려야 할지, 얼마나 다친 건지, 살아 있기는 하는 건지 온갖 생각들이 발목을 붙잡고 놓지 않았다. 아파트 단지로 오르는 계단이 유난히 높았다. 난간을 잡고 겨우 올라갔다.

순정은 장바구니를 식탁 위에 올려놓고 식탁 의자에 앉았다. 멍하니 식탁을 내려다보던 순정은 도리질을 한 번 한 뒤 일어나 찬물을 마셨다. 엄마, 아빠한테 간다. 냉장고에 있는 반찬으로 저녁 챙겨 먹고 숙제하고 있어, 전화할게. 메모지에 몇 가지 일러둘 말을 적은 뒤 현관 입구 바닥에 두었다. 밖으로 나와 승강기 버튼을 눌렀다.

승강기가 24층에서 내려오기 시작했다. 빨리, 빨리 좀. 순정은 동동거리며 버튼을 문질렀다. 속도를 내 내려오던 승강기가 13층에 멈춰 섰고 한동안 움직이지 않았다. 이런 시발, 도대체 뭘 하는 거야, 순정의 입에서 욕이 튀어나왔다. 자신의 입에서 나온 욕지거리에 잠깐 놀랐지만 순정은 누가 들었든 상관없다고 생각했다.

승강기가 8층에 다다랐다. 아이 씨, 도대체. 승강기 문이 완전히 열리기도 전에 몸을 밀어 넣으려던 순정이 흠칫 멈춰 섰다. 승강기에는 어린아이와 유모차를 잡고 선 젊은 새댁이 있었다. 순정은 한 발 뒤로 물러났고 젊은 새댁은 열림 버튼을 눌러 기다렸다. 새댁의 손을 잡고 있던 아이는 새댁의 허리에 얼굴을 파묻고 한쪽 눈으로 순정을 보았다. 순정은 아무 말도 하지 못하고 승강기에 올라탔다. 승강기 벽에 기대서서 큰 숨을 몰아쉬었다.

─괜찮으세요? 얼굴이 창백하신데.

새댁이 물었다.

─아니, 그냥 조금.

─조금이 아닌데요. 무슨 일 있으세요?

새댁이 다시 한 번 물었고, 순정은 애들 아빠가 응급실로 가고 있다고 대답했다.

－제가 택시 불러드릴까요?

순정은 새댁이 불러준 택시를 타고 응급실로 갔다. 택시를 타고 가며 순정은 그의 동료에게 전화를 걸었다. 지금 막 당직 의사가 내려와 살펴보고 있다. 정신도 멀쩡하고 혈압도 괜찮으니 걱정하지 말라. 그의 동료는 처음보다는 훨씬 침착하게, 그리고 달래듯 말했다. 그를 바꿔 달라, 순정이 부탁했지만 지금 진찰 중이라 통화를 하기는 힘들다, 그의 동료가 대답했고 순정은 왈칵 쏟아져 나오는 눈물을 참을 수 없어 핸드폰을 든 채 울어버렸다. 그의 동료가 뭐라고 몇 마디 말을 더 했지만 들리지 않았다. 택시 기사는 힐끗 순정을 돌아보고는 비상 깜빡이 버튼을 누르며 가속 페달을 밟았다.

－척추 중 흉추 12번과 요추 2번 골절입니다. 다행이라 말하기는 뭣하지만 골절 면이 뼈 몸통의 중간을 넘지는 않았습니다. 척수를 건드리지 않아서 신경증상도 보이지는 않고. 수술을 해야 할지 어쩔지 일단 지켜보면서 결정하겠습니다. 혹시라도 다리나 발끝의 감각이 이상하거나 하면 바

로 말씀 주셔야 합니다. 그건 응급입니다. 아셨지요?

담당 주치의가 외운 듯 막힘없이 설명을 하고 갔다. 뒤이어 간호사가 찾아와 입원 수속에 대한 안내사항을 전해주었다.

나무에서 떨어졌다고 했다. 소방서 부지 내 감염관리실 뒤쪽에 서 있는 느티나무. 순정도 본 적 있었다. 십여 년 전 그가 동해안의 Y소방서로 발령을 받았을 때 그쪽으로 이사를 해야 할지 아니면 그가 출퇴근을 할지 옥신각신하다 그와 함께 직접 Y소방서까지 왔었다. 예전에 농업지도소로 쓰이던 건물을 개조해 사용 중인데 건물이 꽤 튼튼하다고, 확실히 옛날에 지은 건물들이 요즘 짓는 건물들보다 훨씬 나은 것 같다며 은근한 자랑을 하던 그였다. 우리 집도 아닌데 별것을 다 자랑하네, 하고 생각했었다. 그때도 그 느티나무가 있었다. 꽤 큰 나무였다. 농업지도소 초창기부터 있었으니 사오십 년은 족히 되었을 것이라고 했었다. 지금은 오륙십 년이 되었을 것이고.

-소방서 마당에 큰 느티나무가 한 그루 있는데 말입니다. 그 느티나무아래에 감염관리실이 있습니다. 우리가 이곳저곳 다니다 보면 옷이나 장비가 화학물질이나 세균, 바이러스 등에 오염될 가능성이 높잖습니까? 그래서 그 감염관리

실에서 일차적인 방제 처리를 하는데 감염관리실에서는 환기가 중요하거든요. 그런데 느티나무에서 떨어지는 낙엽들이 감염관리실 지붕에 자꾸 쌓이는 겁니다. 당연히 환기에 영향을 주지요.

봄이면 감염관리실 지붕에 올라가 낙엽을 걷어내고 청소를 하는 것이 연례행사였다. 귀찮아도 어쩔 수 없는 일이라 여겼다. 그런데 이번에는 달랐다. 지난 늦가을 때아니게 불었던 태풍에 느티나무의 가지가 부러졌다. 감염관리실 위쪽의 가지였다. 가지는 여전히 나무에 매달려 있었다. 차라리 완전히 부러져 땅바닥으로 떨어졌으면 좋았을 텐데. 가지는 꺾인 채로 말라갔다. 죽은 가지니 베어내는 것이 낫겠다, 어느 날 갑자기 떨어져 시설을 고장 내거나 사람이 다치면 큰일이다, 일이 복잡해지니 이번 기회에 저 가지만 잘라내자, 소방서 내 의견이 모아졌다.

─내가 올라간다 했는데 저 녀석이 기필코 자기가 하겠다고 고집을 피웠습니다. 정말입니다, 제수씨. 자기가 우리 서에서 제일 나무를 잘 탄다고, 자기가 해야 한다고.

그의 동료는 응급실 침대에 누워있는 그를 가리키며 말했다. 순정은 그의 동료 입에서 미안하다거나 죄송하다거나 하는 말이 나오면 '아닙니다. 미안하실 일이 아닙니다. 죄송

하다니요. 이건 누구의 잘못이 아니지요.' 하고 대답할 준비
가 되어 있었지만 미안하다, 죄송하다 말하는 이는 아무도
없었다. 미안하다는 말은 그의 입에서 나왔다. 환자복을 입
고 응급실 침대에 누워있던 그가 순정에게 말했다.

-미안해.

-지금 그 말이 왜 나와? 괜찮아?

-놀랐지? 아이들은?

-내가 놀란 게 문제야? 아이들은 걱정 마. 알아서 잘하고
있을 거야.

-그래도 다행이지. 발가락도 움직이고 발바닥에 감각도
있어. 수술까지는 안 해도 될 것 같다 하더라고. 2, 3주 입원
은 해야겠지만 말이야. 2, 3주 지나면 통원치료를 할 수 있
을 것 같다고는 하던데.

-눈을 뜨고 말을 하는 걸 보니 한결 마음이 편하네. 그런
데 편해진 만큼 화가 나네. 왜 자기가 올라갔는데? 나무 탈
줄 아는 사람이 자기뿐이야?

-고참더러 나무에 올라가라 할 수는 없잖아. 그렇다고 후
배를 시켜? 내가 해야지.

-산불 끄고 돌아온 지 얼마 되었다고. 사고 없고 산불 없
는 날이면 좀 쉴 것이지. 이게 뭐야.

작업 자체가 위험하거나 힘든 것은 아니었다고 했다. 5, 6미터 정도 올라가 꺾인 가지의 남은 부분, 느티나무에 붙어 있는 부분을 휴대용 전기톱으로 살짝 잘라내면 되는 일이었다. 다만 잘려진 가지가 감염관리실 지붕으로 떨어지면 안 되기 때문에 한 손으로는 가지를 잡고 한 손으로 톱을 들어야 했다. 부러진 가지와 가까운 위치의 굵은 가지에 말 타듯 앉아 작업을 했다. 가지를 잘라낼 즈음이었다. 바람이 불었다. 바람은 잘려진 가지를 그가 앉아 있는 쪽으로 밀었고 잘려진 가지는 그를 밀어냈다. 그는 아래로 떨어졌다.

순정은 입원 수속을 밟고 난 후 아이들에게 전화를 했다. 아빠가 다쳤는데 다행히 크게 다치지는 않은 것 같다, 그래도 당분간 병원에 입원을 해야 한다, 저녁 늦게 들어갈 테니 밥 먹고 할 일 하고 있어라 등등. 전화를 하고 난 후 1층 편의점에 들러 몇 가지 필요한 물건을 샀다. 휠체어를 밀고 있는 젊은 엄마가 옆에 와 섰다. 휠체어에는 오른쪽 다리에 캐스트를 한 아이가 앉아 있었다. 순정은 힐끗 옆을 보다 아파트 승강기에서 마주쳤던 젊은 새댁이 생각났다. 어디서 봤는데. 같은 아파트에 사니 오다가다 봤을 수도 있겠지만, 그렇게 본 게 아닌데. 누구였더라? 편의점에서 나와 승강기를 타고 병동까지 오는 동안 줄곧 기억해내려 애썼지만, 누구였는지 무슨 일이었는지 떠오르지 않았다. 고맙다는 말도 못 하고 왔으니 찾아가 고맙다 말해야겠지만, 그것 말고 뭔가 있는데, 뭔가 마음이 편치 않은, 뭔가.

순정은 병실로 돌아와 그의 침대 아래 보호자용 침대를 끌어내 걸터앉았다. 각기 다른 곳에 붕대를 감은 네 명의 환자가 4인실을 채우고 있었다. 저들이 모두 깨어있는 한낮이면 네 개의 사연들이 모여 좌담회를 열겠지. 순정은 피식 웃었다. 그중 핸드폰을 보고 있던 한 명이 혼잣말하듯 그러나 큰 목소리로 말했다.

-일본에서 또 지진이 났네. 지진이 났어.

그 순간 순정은 보호자용 침대에서 벌떡 일어섰다. 순정과 창밖을 번갈아 보다 설핏 잠이 들었던 그가 눈을 떴다.

-왜? 무슨 일인데?

그날 땅이 흔들렸다. 순정은 빨래를 개고 있었다. 학원에서 돌아올 둘째 아이 간식으로 뭐가 좋을지 고민하며 주방으로 고개를 돌리던 순간이었다. 우르르르, 소리가 들렸던 것 같다. 아니 처음에는 소리가 나지 않은 것 같기도 하다. 사실 정확하지 않다. 순식간이었고 처음 겪는 일이어서 머리에 담아둘 겨를이 없었다. 거실과 주방의 등이 크게 흔들렸고 싱크대 선반 문이 열려 유리잔이 바닥으로 떨어졌다. 앞으로 기운 에어컨을 잡기 위해 일어섰지만 제대로 걸을 수 없었다. 티브이 옆 선반의 수족관이 엎어지며 깨졌고 구피들이 바닥에서 뒹굴었다. 모든 것이 한순간에 일어났다. 몇 초? 몇 분? 가늠할 수 없는 시간이 지나자 언제 그랬냐는 듯 지진이 멈췄다.

순정은 그에게 전화를 했다. 불통이었다. 메시지도 보낼 수 없었다. 통신망에 문제가 생겼거나 통화량, 정보량이 폭주하거나 둘 중 하나인 것 같았다. 순정은 주방으로 가 스테인리스 볼에 물을 담아 왔다. 꼬리지느러미로 바닥을 치며 뻐끔거리는 구피들을 볼에 담았다. 깨진 유리와 수족관물로 흥건해진 거실을 치울 엄두는 나지 않았다. 이게 무슨 일이지? 아이들, 아이들을 찾아야 하는데. 큰아이는 학교에 있으니 학교에서 살필 것이고, 학원에 가 봐야겠어.

순정이 현관으로 한 발짝 내디뎠을 때 땅이 다시 흔들렸다. 순정은 바닥에 엎드려 지진이 멈추기를 기다렸다. 아이들 방에서 책이 쏟아져 내리는 소리, 유리창이 깨질 듯 덜컹거리는 소리, 그리고 땅이 흔들리는 소리가 섞여 순정의 머릿속을 채웠다. 두 번째 지진이 잦아들었고 순정은 기어서 현관으로 갔다.

지진은 멈췄지만 몸은 심하게 떨렸다. 운동화를 신을 수 없어 겨우 크록스에 발을 끼워 넣었다. 밖으로 나와 아래로 내려갔다. 언제 세 번째 지진이 올지 알 수 없었다. 빨리 가야 한다는 생각 하나로 뛰었다. 8층에서 1층까지 얼마나 걸렸을까? 1층에 도착해 편평한 바닥을 디디고 나서야 크록스 한 짝이 사라졌다는 사실을 깨달았다. 중요하지 않았다. 둘째 아이에게 가야 했다.

아파트 현관을 열고 나가려던 순정은 인기척을 느꼈다. 갓난아이를 안은 채 주저앉은 젊은 여자와 여자의 어깨를 잡고 울고 있는 어린아이였다. 그들은 우편함 아래 벽에 바짝 붙어 있었다. 그녀에게 손을 내밀까, 순정은 잠깐, 아주 잠깐 고민했지만 그 잠깐 사이 순정의 다리는 이미 현관을 벗어났다.

둘째 아이는 학원 선생님과 함께 상가 밖으로 나와 있었다. 사람들이 하나둘씩 아파트 맞은편 공원으로 향하는 것이 보였다. 순정과 둘째 아이도 공원으로 갔고 첫째 아이도 공원에서 만났다. 두세 시간이 흘렀고 땅은 더 이상 흔들리지 않았다. 그와 전화통화를 했고 순정이 예상하듯 그와 그의 동료들이 감당해야 할 일들이 쏟아지는 중이었다. 아파트로 돌아갈 수는 없었다. 언제 또 흔들릴지. 아이들과 함께 두려움에 떨며 밤을 보내기는 싫었다. 순정은 아이들을 차에 태워 진앙에서 멀리 떨어진 동해안의 시댁으로 갔다. 밤을 지낼 어딘가를 찾아 떠나는 차들이 동해안 7번 국도를 가득 메웠다.

그날 밤 순정은 잠을 이루지 못했다. 놀란 가슴이 쉬이 가라앉지 않은 탓이기도 했지만 현관에서 보았던 젊은 여자와 아이들이 자꾸 떠올랐다. 젊은 여자 어깨라도 다독여주고 올 것을. 아니 여자 옆, 조그만 아이의 손을 잡고 같이 나가자 할 것을. 젊은 부부가 이사 왔다는 말을 들은 것 같은데, 그 부부겠지. 같은 아파트에 살고 있으니 오며 가며 언젠가는 마주치겠지. 아니, 수소문해서 찾아갈까? 미안하다. 내가 경황이 없어 도와주지 못했다. 이제 와 후회한다. 그렇게 말해야 할까? 아니지. 누구라도 그 상황에서는 그랬을 거야. 조금 미안할 수는 있지만 찾아갈 정도는 아니지. 왔다 갔다 하는 마음을 어쩌지 못했다.

다음날 그가 왔다. 곁에 있어주지 못했던 그를 탓하지 않았다. 그는 누군가의 곁에 있었을 테니까. 그게 그의 일이니까. 아이들은 큰 모험을 한 듯 앞다투어 지진 당시의 상황을 그에게 전했고 그는 이제 괜찮을 것이라며 아이들을 달랬다. 순정은 현관에서 보았던 젊은 여자에 대해 말하지 않았다. 말할 수 없었다.

며칠이 지나 아파트로 돌아온 순정은 계단을 오르내리며, 승강기를 타고 내리며 살폈지만 젊은 여자와 아이들을 만나지 못했다. 지진 이후 친척이나 부모님 집으로 들어간 사람들이 많았다. 그들도 어딘가 다른 곳에 가 있겠지.

더 이상 지진은 없었다. 떠났던 사람들이 돌아왔고 익숙한 일상 속으로 들어갔다. 순정도 다르지 않았다. 집안일을 하고 아이들을 살피고 그를 기다렸다. 그리고 젊은 여자와 아이들을 잊었다.

하루가 지났다. 오전에 회진을 온 담당 교수가 순정을 입원실 밖으로 불러냈다.

-엊저녁 설명을 들으셨겠지만 애매한 상황입니다. 다친 정황으로 보면 큰 문제가 발생했을 것 같은데 검사 결과로는 심각하지 않은, 아니 그러니까 괜찮다거나 아무 일도 아니라는 말씀은 아니고, 우리가 심각하다고 말하는 것은 하반신 마비라든지 그런 후유증이 남는 그런 것을 말하는 건데, 다행히 부군께서는, 물론 지켜봐야겠지만, 그렇지는 않은 것 같습니다. 다리에 감각이 없다든지 저리거나 했으면 어젯밤, 아니 오늘 새벽이라도 응급수술을 했을 겁니다. 그

런데 그런 증상도 없고 또 검사 결과도 나쁘지 않고 하니 당분간 지켜보는 것으로 하겠습니다. 물론 그 기간 동안은 절대 안정입니다. 아무튼 부군께서는 몸이 굉장히 유연하신 것 같아요. 아니면 운이 아주 좋으시거나. 하하.

담당 교수는 멋쩍게 웃은 뒤 돌아서 다음 병실로 향했다. 순정이 담당 교수를 불러 세웠다.

-그 기간이라는 것이 얼마 정도인가요?

-그것은 뭐라 말씀드리기가 좀. 어떤 일이 생길지도 모르고.

-그래도 평균이라는 것이 있을 것 아니에요.

-2, 3주쯤?

담당 교수는 짧게 대답했고 옆에 서 있던 간호사가 순정을 붙잡고 있는 사이 다음 병실로 들어갔다. 조금 있다 제가 돌아와서 설명을 드릴게요, 간호사가 말했고 순정은 그럴 필요 없다고 대답했다.

점심시간이 지나고 전화가 왔다. 그의 동료였다. 조금 있다 소방서장이 병원에 방문할 예정이라고, 그에게 미리 알려주라고 했다. 소방서장이면 소방서장이지 병문안 오면서 그걸 미리 알리는 건 뭐지? 그래도 빠르네, 하루 만에 병문안을 오니. 순정은 마음이 살짝 꼬였지만 그래도 그의 상사이고 또 사고 하루 만에 병문안을 오는 것에 점수를 주기로 했다. 최대한 공손하게 대하겠다, 마음먹었다.

이를테면 소방서장이 '김 소방위 부인되십니까? 우리 김 소방위가 큰 산불을 끄느라 고생 많았는데 얼마 쉬지도 못하고 이리 큰 부상을 당하게 해서 죄송합니다. 나뭇가지 베는 일이 우리 대원들이 할 일은 아닌데 말입니다.' 하고 말하면 순정은 '무슨 말씀을요. 이리 찾아와 위로 주셔서 감사합니다. 대원들이 할 일, 안 할 일이 따로 있겠습니까. 제가 아는 이이는 그렇게 생각하는 사람이 아닙니다. 마땅히 할 일을 한다 생각했을 겁니다.'라고 대답한다든지, 소방서장이 '아무튼 소방서 걱정 말고 충분히 몸조리해서 완전히 회복된 다음 복귀하시게. 이곳 일은 우리가 다 알아서 할 테니. 사모님, 옆에서, 물론 잘하시겠지만, 잘 돌봐주십시오. 사실 김 소방위 없으면 우리 소방서가 잘 안 돌아가거든요.' 웃으며 말하면 순정은 '다들 바쁘고 맡은 일이 적지 않을 텐데 이렇게 한 사람이 빠지게 되면 얼마나 힘들겠습니까? 아픈 사람도 아픈 사람이지만 남아 있는 분들도 여간 고생이 아닐 것이라 생각합니다. 제가 열심히 간병해서 최대한 빠른 시일 내에 복귀할 수 있도록 힘써보겠습니다.'라 말하며 주먹을 쥐어 보일 생각도 했다. 그리고 '이것, 얼마 안 되는 돈이지만 치료비와 간병에 보태십시오.'라는 말과 함께 흰 봉투를 내밀면 '이러시지 않으셔도 됩니다. 보험 들어놓은 것 있으니 이번에 써먹어야지요. 이 돈으로 남아서 고생하실 다른 동료분들을 위로해 주시는 것이 더 좋을 것 같습니다. 이이도 그런 마음일 겁니다.' 하고는 한 번쯤 손사래 칠 참이었다.

소방서장이 그의 동료 몇몇과 같이 왔다. 순정은 허리를 굽혀 정중히 인사했고 일어서기는커녕 앉지도 못하고 침대에 누워있던 그는 어쩔 줄 몰라 했다. 소방서장은 뒷짐을 지고 침대 아래쪽에 서서 말했다.

-이 사람아, 이게 무슨 일인가. 좀 조심하지 그랬어. 오면서 들으니 그래도 수술할 정도는 아니라 하더군. 다행이야, 다행. 자네가 중상이라도 입었으면 소방서도 조용히 지나가지 못했을 텐데 말이야. '소방관이 왜 나무에 올라갔냐?'부터 '안전 관리, 안전 조치에 문제가 있었던 것은 아니냐?'까지 좀 시끄러웠겠어. 그래도 이 정도니 다행일세. 그래, 아프지는 않고?

그의 곁에 서 있던 순정이 뭐라 말하려 했지만 그의 대답이 더 빨랐다.

-진통제를 맞아서 그런지 아프지는 않습니다. 지금이라

도 일어나 걸을 수 있을 것 같은데 병원에서 워낙 겁을 줘서 꼼짝 못하고 있습니다. 그리고 죄송합니다. 제가 좀 더 조심했어야 하는 건데.

-그러게 말일세. 좀 조심하지 그랬어. 하필이면 이런 때 말이야. 다들 힘든 시긴데. 그래도 병원 말을 들어야지. 서둘러 복귀했다가 뒤늦게 후유증이 생기고 그러면 안 되니까, 그러면 일이 더 복잡해진다고.

-네, 잘 알겠습니다. 바쁜 시기에 이렇게 되어서 죄송합니다. 정말 죄송합니다. 퇴원해도 된다, 담당 교수가 말하는 그날 바로 복귀하겠습니다.

소방서장은 고개를 돌려 같이 온 그의 동료를 보았고 동료는 주머니에서 흰 봉투를 꺼내 소방서장에게 건넸다.

-이거, 우리가 조금 모았네. 병원비에 큰 보탬은 안 되겠지만 그래도 우리가 그저 직장 동료 관계만은 아니지 않나. 힘들 때 서로 도우고 그래야지. 이거 받으시게. 아니다. 사모님, 여기 이거 받으십시오.

순정은 소방서장이 내민 흰 봉투와 그의 얼굴을 번갈아 보았다. 그는 고개를 가로저었다.

-아니, 무슨 이런 것을…….

그가 말을 이으려는 순간 순정이 흰 봉투를 낚아챘다.

-잘 쓰겠습니다. 밤 따러 밤나무에 올라간 것도 아니고 소방서 시설 관리하려다 이리 된 것이니 당연하다 생각하고 받겠습니다. 마실 것이라도 내어와야 하는데 준비해놓은 것이 없네요. 어떻게 요 밑에 로비에서 아메리카노라도 한 잔 하실지?

옆 병상의 환자 부부가 대화를 멈췄고 맞은편 병상의 환자는 휴대폰을 내려놓았다.

-하하하, 우리 제수씨, 정말 재밌으시다니까. 서장님 이제 그만 가시지요. 오후에 회의가 있다 하지 않으셨습니까?

-그렇지. 그럴까?

그의 동료가 나서서 마무리했고 서장 일행은 병실을 나섰다. 서장 일행이 병실을 나와 한 발 옮기려는데 병실 문틈으로 순정의 목소리가 들렸다.

-자기가 뭐가 죄송한데? 뭐가 미안한데? 자기가 왜 여기 누워있는데? 어이구, 속 터져. 내가 눈물이 다 나려고 한다, 응? 분해서.

그날 저녁 무렵, 순정은 아파트로 돌아왔다. 아이들도 살펴보고 병실에서 필요한 물품을 준비해가기 위해서였다. 아파트 상가 마트에 들른 순정은 망설이다 딸기 두 팩을 샀다.

아파트로 들어오며 경비실에 들러 13층 새댁이 몇 호에 사는지 물었다.

승강기를 탄 순정은 8층 버튼을 눌렀다가 다시 눌러 껐고 13층 버튼을 눌렀다가 다시 눌러 껐다. 순정 뒤따라 승강기를 탄 태권도복을 입은 아이는 순정의 눈치를 보다 15층 버튼을 누르고 승강기 뒤편 벽으로 몸을 붙였다. 7층을 지날 때까지 순정은 버튼을 누르지 못했고 8층을 지나고 나서야 13층 버튼을 천천히 눌렀다.

초인종을 누른지 얼마 지나지 않아 새댁이 나왔다. 순정은 딸기 두 팩을 건네주며 미안하다, 말 대신 그날 고마웠다는 인사를 했다.

계단을 내려와 현관문을 열며 순정은 고민했다. 그가 신을 실내용 슬리퍼를 한 켤레 살지 말지, 현관부터 욕실까지 긴 카펫을 깔지 말지, 그가 돌아와 발을 씻을 큰 대야를 현관에 둘지 말지.

문사文士의 전통을 잇는 문학

이경재
(문학평론가)

1. 맹렬한 기세로 몰아붙이는 작가

김강은 2017년 단편 소설 「우리 아빠」로 등단한 이후, 채 10년이 되지 않는 기간 동안 문단의 중심으로 무섭게 돌진해오고 있는 작가이다. 지금까지 소설집 『우리 언젠가 화성에 가겠지만』(2020), 『소비노동조합』(2021)과 장편소설 『그래스프 리플렉스』(2023) 등을 출판하였다. 이외에도 그는 2022년에 문을 연 서점 '책방 수북'과 출판사 '득수'에서 여러 가지 활동을 펼치고 있다. '책방 수북'은 문학전문 서점으로서, 책만 파는 것이 아니라 한 달에 두 번씩 작가들을 초청하여 독자와 대화를 나누는 뜻 깊은 행사를 정기적으로 개최하고 있다. '도서출판 득수' 역시 문학전문 출판사로서 오직 문학성이라는 기준만으로 책을 출판하고자 의도하는 소중한 출판사이다.

더욱 놀라운 사실은 소설가이자, 출판사 대표이며, 서점 주인이기도 한 김강이 포항에서 오랫동안 활약해 온 내과 의사이기도 하다는 점이다. 낮에는 사람들의 내장을 살피고, 밤에는 사람들의 내면을 챙겨오고 있는 것이다. 의사라는 당대의 가장 화려한 직업을 갖고도, 오늘날 사망선고가 내려졌다고까지 이야기되는 소설창작에 이토록 열심히 매달린다는 것은 결코 평범한 일은 아니다. 과연 김강을 천형이라고까지 불리는 작가의 길로 나서게 하는 근본적인 내적 자질이나 동력은 무엇일까?

이번 작품집 『착하다는 말 내게 하지 마』에는 '최초의 인간'이라 일컬어지는 '아담'을 표제로 한 매우 독특한 소설이 한 편 수록되어 있다. 이 작품은 김강이 생각하는 인간의 가장 원형적인 모습이 그려져 있기에 주목을 요한다. 「아담」은 기인이라 할 수 있는 '그'에 관한 일종의 보고서이다. 소설가인 '나'는 초등학교 뒷산에 살고 있는 자연인인 그를 찾아간다. 소나무 껍질로 된 가면을 쓰고 있는 그는 스스로

'그'라 불리기를 원하며, 스스로도 자신을 '그'라고 칭한다.

그가 기이한 삶을 살게 된 것은 우연한 계기를 통해서이다. 친구 가족과 함께 저녁을 먹고 돌아오던 중 그는 넘어진다. 그날 저녁에는 큰 아픔을 느끼지 못하고 잠에 들었으나, 다음날 아침 오른쪽 어깨가 아파 그는 깨어난다. 이 때 그는 자신의 왼 손바닥에 "세 번째 눈"이 생겨난 것을 알게 되는데, '세 번째 눈'을 통해 그는 "상대방 모르게 보고 싶은 것을 볼 수 있"게 되는 것이다. 이 때 그가 '세 번째 눈'으로 주로 보는 것은 "표범무늬 팬티와 핑크색 젖꼭지"와 같은 것들이다. 그러다가 그는 "직장에서 버스에서 카페"에서 '세 번째 눈'을 통해 상대를 간음하는 "발갛게 달아오른 두 흰자위와 초점 없이 확장된 동공, 반쯤 벌린 입술과 입술 사이로 날름거리는 혀, 앙상하게 드러난 광대"의 자기 "얼굴을 봐버"리게 된다. 이것은 그(아담)에게 자의식이 탄생한 순간이라고 할 수 있다.

그날 이후 그는 왼 손바닥에 밴드를 붙이기 시작하고, 이후에는 왼 손바닥을 송곳으로 찔러도 보고 칼로 헤집어 보기도 한다. 나중에 그는 아내와 아이들을 마주할 자신마저 사라져 버려, 결국 산으로 가서 "자연인"이 된다. 그가 쓰고 있는 소나무 껍질 가면은 "손바닥의 눈을 어떻게 할 수 없으니 얼굴이라도 가려야" 한다는 마음에 만들어 쓰게 된 것이다. 마지막으로 그는 '나'에게 자신이 죽으면 "한 문장으로 신문에 부고를 내어 주십시오"라는 부탁을 한다. 그 문장은 바로 "부끄러워할 줄은 알았다고. 부끄러워서 그랬다고."라는 것이다. 이러한 이야기를 들으며, '나'는 그가 겪은 일이 "직장을 그만두고 이혼을 하고 집을 나와야 할 정도로 부끄러운 일"인가라는 의문을 표하기도 하며, 끝까지 "그의 부끄러움"을 믿지 못한다. 그러나 이후의 일들을 통해 결국 '나'는 그가 가진 부끄러움의 진정성을 믿게 된다.

'내' 그의 주변 사람들로부터 들은 이야기는, 그가 얼마나 염결한 인간인가를 보여주기에 모자람이 없다. "그의 (전)아내"에 의하면, 그는 자신의 성기와 '세 번째 눈'이 있는 자신의 왼 손목을 잘라 기르던 개에게 주어 버렸던 것이다. 결국 그는 자연인으로도 부족해 스스로 생명을 끊으며, 그 자살의 현장에서는 다음과 같은 노트가 발견된다.

『그것만 잘라내면 될 줄 알았는데……. 이 왼 손모가지를 잘라야 하나? 그러면 해결이 될까? 자꾸 떠올라. 그것도, 손모가지도 잘라내었는데 자꾸 떠오르면 다음엔? 그 다음엔? 하긴 기억이 사라질 수 있겠어? 이 머릿속 어딘가 영원할 테지……』

　『하긴 세 번째 눈은 잘못이 없어. 그것이 오기 전에도 그
는 그랬었잖아. 그랬고말고. 그 눈동자 그 혓바닥, 그가 가진
모든 감각으로 탐했지. 상상으로 머릿속으로.』

　『그는 운이 좋은 놈이기는 하지. 왼 손바닥에 있는 그것이
없던 시절에는 달랐을 것 같아? 그저 들키지 않았을 뿐이지.
하지 못했을 뿐이지. 그게 운이 좋은 거지.』

　이 노트에는 근본적인 욕망과 부정에서 벗어나지 못하는
자신에 대한 근원적인 자책과 염오의식이 가득 채워져 있
다. 결국 소설가인 '나'는 신문사에 가서 그의 부탁대로 부
고를 전하기로 한다. '내'가 전한 부고의 문장은 "그는 부끄
러움이 많았다."는 것이다. 김강이 조형해 낸 '최초의 인간'
은 자신 안에 있는 그릇된 욕망과 감각들을 예사로이 보지
못하는, 강박적일 정도로 염결한 모습이었던 것이다. 이러
한 예민함과 엄격함에 바탕해 보았을 때, 지금의 이 세상은
너무나 많은 문제와 오점으로 가득하다. 그렇기에 이에 대
한 반응으로서의 소설 창작은 결코 늦춰질 수도 멈춰질 수

도 없는 절대의 과제일 수밖에 없다.

2. 함께 산다는 것에 대한 민감한 자의식

김강이 지닌 부정함과 그릇됨에 대한 날카로운 자의식과 감각을 살펴보았다. 이러한 작가적 레이더가 가장 날카롭게 반짝이는 것은 공동체 구성원으로서의 기본적인 자질을 문제 삼을 때이다. 이번 작품집의 입구와 출구에 놓인 「용의자 A의 칼에 대한 참고인 K의 진술서」와 「그는 집으로 돌아와 발을 씻는다」는 공동체에 대한 김강의 예민한 인식을 제대로 보여주는 작품들이다.

「용의자 A의 칼에 대한 참고인 K의 진술서」에서는 수십 년의 시간을 격한 두 개의 서사가 나란히 진행된다. 병렬되는 두 개의 서사는 어린 시절에 아파트 공터에서 1동과 2동 아이들이 연탄재를 가지고 벌이던 전쟁놀이와 두 번째는 사소한 일로 동네 사람들이 갈등을 벌이다가 살인사건으로 까지 이어지는 현재의 이야기를 말한다.

'내'가 살던 아파트의 공터에서는 1동 아이들과 2동 아이들이 편을 나누어 연탄재 전쟁을 했다. '나'는 연탄재 전쟁

에서 형들의 명령에 따라 연탄 배달하는 일을 하는데, 연탄
재 전쟁에서 별다른 전과를 올리지 못하자 대장 형은 "검은
연탄재로 폭탄을 만들어라. 가능한 딱딱한 것으로"라는 특
별 명령을 내린다. 그것은 연소된 흰 연탄재로만 폭탄을 만
든다는 불문율을 어긴 위험천만한 일이다. 이 명령을 받고,
'나'는 문제 제기를 하기는커녕 오히려 "비밀 지령을 받은
특별한 사람, 상황을 바꿀 큰일에 동참하고 있다는 자부심"
으로 대장 형의 명령을 성실하게 수행한다. 결국 상대편에
속했던 '나'의 친구는 검은 연탄재에 맞고 쓰러지며, 눈을
심하게 다쳐 대학병원까지 가게 된다.

연탄재 전쟁 이야기와 병렬되는 현재의 이야기는 현관문
을 맞대고 사는 이웃인 A와 아이의 가족이 갈등을 벌이는
것에 대한 것이다. 수십 년 전 연탄재 전쟁에서 일진일퇴의
공방이 있었던 것처럼, A와 아이의 가족 사이에도 일진일퇴
의 공방이 벌어진다. 처음 주차장에서의 사소한 문제로 시
작된 A와 아이 가족 사이의 갈등은 A가 텃밭을 만들면서 한
층 고조되는 것이다. 이러한 일진일퇴의 공방 속에 A는 동
네에서 왕따가 되고, 결국 '나'에게서 구입한 칼로 아이를
살해하는 만행을 저지른다.

'나'는 어린 시절의 연탄재 전쟁에서나 지금의 살인사건

에서나 뜻하지 않게 범행도구를 제공하는 역할을 떠맡게 된다. 어린 시절에 대장 형에게 '검은 연탄재 폭탄'을 제공했다면, 지금은 A에게 범행에 사용된 "얇고 뾰족한, 비교적 긴 칼"을 팔았던 것이다. 연탄재를 만든 것에 특별한 의도가 없었던 것처럼, 칼을 판매한 것도 "어느 누구의 편도 아니었고 그저 칼을 파는, 그게 저의 일일 뿐"이어서 했던 일에 지나지 않았다. '나'는 마지막까지 "명확히 해두어야겠습니다. A의 손에 쥐어져 있던 칼은 저의 칼이 아닙니다. 제 손에 오만 원권 지폐가 쥐어지던 순간 그 칼은 A의 칼이 된 겁니다. 이론의 여지없는 분명한 사실이지 않습니까?"라며 항변한다. 그렇지만, 「아담」에서 드러난 것과 같은 엄격한 윤리의식과 감각에 바탕해 본다면, 그리고 조금만 더 A의 주변 상황에 관심을 기울였다면, '얇고 뾰족한, 비교적 긴 칼'을 아무런 걸림 없이 판매하지 않을 수도 있었던 일이다.

이와 같은 공동체에 대한 섬세한 윤리감각은, 「용의자 A의 칼에 대한 참고인 K의 진술서」에서 강조되는 인간의 본원적인 폭력성을 생각한다면 절대적인 과제일 수밖에 없다. 이 작품에서는 어린 시절의 소위 '개구리 놀이'가 상세하게 펼쳐진다. 어린 시절 동네의 한 형이 개구리를 잡아오자, 대장 형은 개구리의 입에 폭음탄을 물린다. 폭음탄에 불을 붙여 터뜨리자, 개구리는 서너 바퀴 공중제비를 하다가 떨어진다. 형들은 계속해서 폭음탄을 개구리의 입에 물리고, 개구리는 폭음탄이 터질 때마다 공중제비를 한다. 어린아이들의 마음 속에도 생명을 향한 가학적인 폭력성이 잠재되어 있었던 것이다. 개구리를 향한 폭력성은 언제든지 인간을 향한 것으로 변모할 수도 있다는 점에 문제성이 있다. 그러한 문제성은 "폭음탄을 물고 공중제비를 하던 개구리, 울지 못하던 개구리, 눈만 껌뻑거리던 개구리, 두고 온 개구리, 개구리를 둘러싸고 서 있던 형들, 그 속에 끼어 있던 저"는 "빨갛게 물든 개나리꽃 색 트레이닝 복을 입고 엎드려 있던 아이"와 '그 아이를 둘러싼 사람들'에 그대로 연결되는 것을 통해서도 드러난다. 상황이 이러하다면 우리에게는 과도할 정도의 공동체를 향한 윤리감각이 요청될 수밖에 없는 것인지도 모른다.

「그는 집으로 돌아와 발을 씻는다」에 등장하는 순정의 남편은 너무나 헌신적인 소방관이다. 남편은 "열흘 동안 제대로 씻지 못"하며 열심히 사람들을 위해 일한다. 남편은 처음 만날 당시에 오전에는 소방서에서 대기하고 야간에는 응급차를 운전하였다. 그때 남편은 차를 몰고 와서 동네 토박이인 순정과 드라이브를 하고는 했는데, 드라이브의 이유는 응급차 운전을 제대로 하기 위한 경험을 쌓기 위해서였다. 순정은 이런 남편을 보며, "책임감 하나는 대단한 사람"이라며 맘에 들어 했던 것이다. 그런 남편은 굳이 자신이 나서지 않아도 되는, 소방서 부지 내에 있는 나무를 정리하다가 떨어져서 골절상을 당하기까지 한다. 남편은 "고참더러 나무에 올라가라 할 수는 없"고, 그렇다고 후배를 시킬 수도 없어, 자신이 직접 나섰다가 그런 변을 당한 것이라고 태연하게 말한다.

순정은 이런 남편을 적극적으로 이해하고 옹호하는 입장이다. 힘들어하는 남편을 향해, "그런 것 감당하려고, 기꺼이 감당하겠다고 당신하고 사는 거잖아."라고 이야기하는 아내인 것이다. 역시나 공동체를 위한 헌신과 봉사에 긍정적인 순정이지만, 지진이라는 재난 앞에서는 이웃보다 자신을 먼저 챙기는 모습을 보여준다. 지진이 나자 급하게 대피하던 순정은 아파트 현관을 나가려다가 "갓난아이를 안은 채 주저앉은 젊은 여자와 여자의 어깨를 잡고 울고 있는 어린아이"를 발견하는 것이다. 순간 현정은 여자에게 손을 내밀까 고민하다가 혼자 급하게 아파트 현관을 나선다. 그날 밤 시댁으로 피신한 순정은 "현관에서 보았던 젊은 여자와 아이들이 자꾸 떠올"라 잠을 이루지 못한다. 그렇게 지진은 멈추고, 더 이상 젊은 여자와 아이들을 생각하지 않게 된 듯 보였던 순정은 결국 딸기 두 팩을 사서 새댁의 집을 찾아가는 것으로 작품은 끝난다.

「용의자 A의 칼에 대한 참고인 K의 진술서」와 「그는 집으로 돌아와 발을 씻는다」에서 강조하는 것은 공동체에 대한 무한 책임이라고 할 수 있다. 직접적으로 연루되지 않더라도 같은 공동체에 속한다는 것만으로도 우리는 일종의 운명공동체라는 인식이 이들 소설에는 진하게 배어 있는 것이다. 「으르렁을 찾아서」는 이러한 작가의 인식이 알레고리의 방식으로 강렬하게 표출된 작품이다. 이 작품은 계명구도(鷄鳴狗盜)라는 유명 고사성어의 현대적 버전이라고 부를 수 있다.

「으르렁을 찾아서」에 나오는 이야기는 "일만 년 전 혹은 이만 년 전의 이야기"일 수도 있고 "십만 년 전이라도 문제될 것은 없"는 이야기이다. '으르렁'은 숲의 끝에서 온 아이로, 먹기만 하고 가끔 으르렁거린다. 사람들은 으르렁 때문에 송곳니가 동굴을 찾아오는 거라고 투덜거리기 시작한다. 그 이후에는 "누구도 으르렁을 받아주지 않았"으며, 결국 "송곳니의 밥"이 되지 않기 위해 으르렁을 내쫓아버린다. 그러나 으르렁 때문에 송곳니가 동굴을 찾아온다는 것은 사람들의 막연한 편견이었을 뿐이다.

오히려 으르렁이 떠나고 난 뒤, 동굴 입구까지 온 적 없었던 송곳니가 나타나고, 송곳니는 가장 바깥쪽에서 잠을 자던 한 명을 물고 가버린다. 사실 으르렁은 "우리의 한 명"으로서, "예전부터 쭉 같이 다녔던" 동료였으며, 누군가가 으르렁에게 소리를 치기 전까지는 "으르렁이라는 이름도 없었"던 상태이다. 결국 무리에서 네 명이나 사라진 후에야, C가 으르렁을 찾으러 가자고 제안한다. 여전히 "으르렁이 계속 있었다면 네 명이 아니라 더 많이 죽었을 거야."라며, 모든 탓을 으르렁에게 돌리려는 자들도 있지만, C를 제외한 사람들도 차차 "으르렁이 우리에게 해를 준 것은 없어."라는 인식을 하게 된다. 다음의 인용에서처럼, 사람들은 시간이 지날수록 으르렁의 가치를 더욱 인정하게 된 것이다.

생각해 봐. 으르렁 덕분에 우리가 무사했던 걸지도 몰라. 으르렁거리는 소리가 밤마다 울렸다고 생각해 봐. 송곳니가 감히 동굴 입구까지 올 수 있었겠어? 으르렁이 있을 때는 송곳니가 동굴 입구까지 온 적 없었어. 송곳니에게 당했다는 것도 모두 동굴에서 좀 떨어진 곳에서였지. 그런데 으르렁이 가버리고 나서는 어때? 송곳니가 동굴 입구까지 오잖아.

결국 이들은 다시 으르렁을 찾아 나선다. 이전에도 이 무리는 사냥 능력도 없는 S를 무리에서 쫓아버리려 한 적이 있었다. 그 때 날씨에 관한 비상한 예지력이 있는 S는 떠나는 이들에게 앞으로의 날씨를 알려줬고, 그것은 그대로 들어맞았다. 그러자 무리들은 본래 의도와는 달리 "S를 데리고 가기로 의견을 모"은다. 그리고 이 오래전 이야기는 현재 으르렁을 상대로 다시 이어지는 것이다. 이웃의 소중함과 가치를 망각하고, 그들을 외면하거나 심지어는 내쫓는 일은 아주 오래전부터 있어왔던 인류의 고질병이었다. 이것은 르네 지라르가 말한 일종의 희생양 메커니즘이라고 할 수 있으며, 간단히 말해 이 메커니즘은 집단의 갈등과 문제점을 공동체의 약자에게 집중시킴으로써 해소하는 인류의 뿌리 깊은 악습이었던 것이다.

으르렁의 이야기에서 나타난 희생양 메커니즘의 문제는 현재에도 이어진다. 그것은 '우리'가 떠나간 친구 '너'에게 사과하는 다음과 같은 대목, "그해 그 계절에 우리 사이에 무슨 일이 있었던 걸까? 넌 코를 골지도 않고 절뚝거리지도 않았는데. 언젠가 널 만나면, 손등을 쓰다듬을 기회가 있다면 묻고 싶어. 우리가 무슨 잘못을 한 건지, 넌 우리를 용서할 수 있는지, 다시 함께 할 수 있는지."를 통해서도 확인할 수 있다. 인간은 늘 공동체의 일원으로 살아간다는 것, 어쩌면 공동체가 있기에 인간이 살 수 있다는 것, 그렇기에 우리는 늘 이웃에 대한 관심과 애정을 가져야 하며, 그러한 이웃이 지닌 존엄과 가치를 잊지 말아야 한다는 인식이 김강의 소설에는 하나의 정언명령으로 존재한다.

3. 높이 올려라! 반자본의 깃발

김강은 공동체와 그에 속한 이웃들의 가치에 이토록 민감하기에, 그가 공동체를 파괴하려는 힘에 대해 남다른 비판의식을 보여주는 것은 어찌 보면 당연한 일이다. 「검은 고양이는 어떻게 되었나」는 망원경적 시야로 인간다운 삶과 공동체를 파괴하는 메커니즘을 냉철하게 보여주는 작품이다.

이 작품에서 '나'와 정원을 맞대고 사는 앞집 사람은 길고양이에게 먹이를 준다. 주민들은 길고양이에게 먹이를 주는 것에 심하게 반대하고, 결국 앞집 사람과 주민들은 충돌한다. 그 충돌은 동사무소나 구청에서 길고양이들을 포획하고, 앞집 사람은 더 이상 고양이들에게 먹이를 주지 않는 것으로 끝난다. 이후 앞집 남자는 전략을 수정하는데, 그것은 고양이에게 먹이를 주는 대신, 멧비둘기에게 모이를 주어서 자신의 정원으로 유인하는 것이다. 길고양이들은 먹이 대신 앞집의 정원에 모여든 멧비둘기들을 먹으며 뚱뚱한 몸을 유지한다. 여기에서 끝난다면, 이 작품은 일상에서 일어날 수도 있는 작은 에피소드를 그린 소품에 그칠 수도 있을 것이다. 그러나 「검은 고양이는 어떻게 되었나」는 이 멧비둘기와 고양이의 이야기를 알레고리로 독해하게 만드는 또 하나의 이야기를 거느리고 있다.

그것은 바로 '나'와 중·고등학교를 함께 다닌 P의 이야기이다. P는 '나'의 결혼식 사회를 맡았을 만큼, 둘은 절친한 사이였다. 이후 '나'는 P가 주식 투자에 실패했으며 다른 동기의 사업에 투자했다가 일이 잘못되어 소송이 붙었다는 등의 안 좋은 얘기만을 듣게 된다. 최근에 P는 '나'에게 전화를 해서 자신이 아파트 갭 투자를 하는 중이라며, 돈을 빌려 달라고 부탁까지 한다. 결국 '나'는 P의 부고를 받는다. "조문객 반, 빚쟁이 반"인 빈소에서, P가 주식이다 가상화폐다 해서 벌려놓은 일이 많았으며 고객의 돈을 인출한 사실이 들통나 고객과 회사로부터 고소를 당했다는 얘기를 듣는 것이다.

더욱 충격적인 것은 그렇게 많은 사람들한테 사기를 쳤

지만, P 앞으로 남아 있는 재산이 거의 없었다는 사실이다. 그렇게 된 이유는 P가 자신의 선배인 L에게 이용당하고 있었기 때문이다. P를 보험업계에 불러들인 선배 L은 보험 영업이 아닌 다른 경로로 돈을 모으는 법, 그 돈으로 돈을 불리는 법, 그리고 책임을 회피하는 법을 P에게 가르쳤다. P는 L에게 배운 방식으로 "돈을 탐할 수 있는 모든 곳, 돈이 몰려다니는 모든 곳"에 발을 들여놓았던 것이다.

여기에서 첫 번째 '멧비둘기와 고양이 이야기'는, 'P와 L의 이야기'와 서로 만나게 된다. 장례식장에서 들려오는 "P가 헛꿈을 꾼 거지. 뿌려 주는 놈은 다른 생각인데 말이야."라고 말에서도 알 수 있듯이, P는 아무것도 모른 채 새 모이를 주워 먹는 멧비둘기에 불과했으며, 선배 L은 그 멧비둘기를 잡아먹는 살찐 고양이였던 것이다. 그렇다면 그 모든 희비극을 연출하는 사내는 과연 누구였던 것일까? 이 질문이야말로 이 작품의 중핵이라고 할 수 있다. 김강의 「검은 고양이는 어떻게 되었나」는 진중한 문제의식과 날카로운 시대정신을 바탕으로 우리 시대의 근본적인 작동원리를 문제 삼고 있는 위험한 작품이다.

「민의 시대」에서도 잉여와 축적이라는 자본주의의 금과옥조에 대한 문제의식은 분명하게 드러난다. 이 작품은 대재앙의 시대 이후를 배경으로 한 일종의 SF이다. 이 작품은 '대재앙의 시대'를 거친 이후의 '루시의 시대'가 배경이다. '대재앙의 시대'가 지닌 특징은 다음과 같이 설명되는데, 그것은 현재 인류가 봉착할 가까운 미래의 모습에 해당하는지도 모른다.

기후 온난화를 제어하지 못한 결과 해수면이 상승하고 이상 기후 현상이 폭증했다. 그동안 잠잠했던 지각판들의 이동과 충돌은 지진과 화산 폭발을 만들었다. 호모 사피엔스 사피엔스는 삶의 다른 형태를 고민하고 선택해야 했지만 그러지 못했다. 그들은 그들의 과학기술이 모든 문제를 해결해 주리라 믿었지만 그들의 영화에서 볼 수 있었던 기적적인 해결법들-이를테면 우주로의 이주와 같은-은 실현되지 못했다. 재앙들은 서로 상승효과를 일으켜 호모 사피엔스 사피엔스의 일상을 유지할 수 없게 만들었다. 호모 사피엔스 사피엔스가 기존의 삶을 유지할 수 있는 땅은 부족해졌고 결국 그들은 누군가를 절멸해야 살 수 있는 상황에 처했다. 사실, 그것은 지구 역사의 전체를 보았을 때 자연스러운 과정일 수도 있었다. 지배적인 종은 그렇게 사라지고 새로운 종이 그 자리를 차지하는 것은 당연한 것이니까. 물론 호모 사피엔스

사피엔스의 영광은 다른 지나간 지배종에 비해 유독 짧았지만 언젠가는 어차피 일어날 일이었다. 조금 빨리 온 것일 뿐. 다만 그들의 잘못은 자신들의 운명뿐 아니라 다른 종의 운명까지 위협하고 결국은 자신들과 같은 길을 걷게 했다는 것이었다. 그들이 촉진했던 재앙의 진행시간이 너무 빨라 다른 종 또한 적응할 시간이 부족했다. 호모 사피엔스 사피엔스의 멸종은 지구 생태계의 멸종이었다.

결국 인류는 새로운 삶의 방식을 고민하거나 선택하지 못했으며 과학기술만 맹신한 결과, 자신은 물론이고 다른 종들까지 파멸로 이끌었던 것이다. 이처럼 '대재앙의 시대'란 호모 사피엔스 사피엔스는 물론이고, 지구생태계가 멸종에 이른 시대를 일컫는다. 지금의 인류가 별다른 고민 없이 지금의 삶을 유지한다면, 봉착할지도 모를 근미래에 해당하는 시대인 것이다. 소설 속 현재 시간은 '루시의 시대'라 불리는 때이며, 이 시대는 다음과 같은 특징을 지니고 있다.

대재앙의 시기 이후 살아남은 이만 일천이백칠십오 명의 호모 사피엔스 사피엔스 암컷들은 자신들을 루시라 불렀고 그들이 '호모 XX프로젝트'(각주4)를 시작한 시점부터의 역사를 루시의 시대라 이름 붙였다. 여전히 호모 사피엔스 사피엔스의 시대, 인류세라 부르는 이들도 있었지만 그 수는 점점 줄었다. 지금에 와서는 몇몇 극단적 종교인만 그렇게 부르고 있다. 수정란을 통한 재생산으로 전체 인구가 십만 명이 되던 해에 마지막 루시가 죽음을 맞이했다. 마지막 루시의 장례식은 엄청났었다고 기록되어 있다. 루시의 자손들, 너무나도 명확하게 루시의 피가 흐르고 있는 자손들 칠만 팔천칠백이십오 명이 슬퍼했고 지구장으로 장례를 치루었으며 공식적인 애도의 기간은 한 달이었다. 애도기간이 끝난 후 그들은 전체의 총의를 모아 다음과 같이 발표했다.

「우리는 우리를 호모 XX라 명명한다.우리는 오스트랄로피테쿠스로부터 호모 하빌리스, 호모 에렉쿠스, 호모 사피엔스, 호모 사피엔스 사피엔스로 이어진 인류사에 새롭게 나타난 종으로 스스로를 인식한다.

우리는 우리들의 출발인 루시들의 자손으로서 우리의 문명이 지속되는 한 우리의 시대를 '루시의 시대'라 부를 것이다.

여기서 주목되는 것은 '루시의 시대'가 '호모 사피엔스 사피엔스 시대'와 가장 크게 구별되는 지점은, "잉여의 시대"라 일컬어지는 "호모 사피엔스 사피엔스의 시대"와 달리,

"루시의 시대, 호모 XX의 시대"에 "잉여는 존재하지 않"는다는 점이다. 이와 같은 맥락에서 "루시의 시대를 관통하는 미덕"은 "가질 수 있으나 가지지 않는 것"으로 이야기되기도 한다. 또한 "계율처럼 전해지는 루시의 원칙 중 하나는 '저장하지 않는다'"는 것이고, "잉여를 혐오"하는 루시는, "해가 떠오르면 공동체가 깨어났고 해가 지면 침묵하거나 잠이 들었"다고 이야기된다. 이와 달리 '대재앙의 시대'를 맞이하기 직전 호모 사피엔스 사피엔스 시대는 "호모 XX와 호모 XY가 생산력의 증대와 가치의 축적이라는 방향으로 지구 전체를 개조"하려던 시대이며, "그 결과 호모 사피엔스 사피엔스는 자신들만의 지구를 쟁취했으나 또한 지구에는 그들이 아닌 어느 것도 남아 있지 않았다는, 그제야 개인이 아닌 종으로서의 외로움, 고독감으로 서서히 미쳐갔다는 시대"로 이야기된다. 이처럼 지금의 인류와 대비되는 먼 미래의 세상은, 불필요한 잉여나 탐욕적인 소유가 없는 "자연 그대로"를 중요시하는 세상인 것이다. 이러한 세상의 모습은 너무나 당연하게도 '생산력의 증대와 가치의 축적'을 절대시하는 자본의 시대를 돌아보게 하는 강력한 힘을 지니고 있다.

4. '착하다는 말 제게 하지 마세요.'가 아니라
'착하다는 말 내게 하지 마.'라고 대답하기

이처럼 '반자본의 깃발'을 높이 든 김강인데, 그가 제시하는 대안이랄까 새로운 가능성은 전혀 상투적이지 않다. 집단적 주체의 연대를 바탕으로 한 적대와 투쟁은 김강 소설의 본령과는 사실상 무관하다. 오히려 그는 자발적 개인의 담대한 주체선언을 중요시하는 것으로 보인다. 누구에게도 꿀리지 않는 당당한 기상이야말로 이 험난한 시대를 헤쳐나가는 하나의 구명정이 될 수도 있다는 입장인 것이다.

이러한 작가적 인식을 간명하게 드러내는 작품이 바로 「착하다는 말 내게 하지 마」이다. 특히 이 작품은 김강이 오랫동안 몸담고 있는 의료현장을 배경으로 해서인지, 문장의 밀도나 묘사의 질감이 매우 돋보인다. 이 작품의 '나'는 유흥주점에 갔다가 세희라는 여성과 인연을 맺게 된다. 세희는 이 사회에 존재하는 '을'로서의 모든 성격을 지닌 존재이다. 우선 세희는 계급적, 젠더적 억압을 모두 받고 있다. 그녀는 옛날이나 지금이나 술집에서 자신을 팔아야 살 수 있는 계급적 약자이며, 오빠 대신 가정 내 부담을 떠안고 살아가는 젠더적 약자이기도 하다. 거기에 덧보태 그녀는 의료

현장에서 한없이 무력한 중환자의 보호자일 수밖에 없다. 군이 미셸 푸코를 들먹이지 않더라도, 지식이야말로 권력의 원천일 수 있으며 이러한 특징은 의료현장에서 가장 선명하게 드러난다고도 할 수 있다.

세희는 옛날 '내'가 돌보던 환자의 딸이었다. '나'의 입장에서는 "환자 보호자와 주치의였던 의사가 주점에서 만나 같이 모텔로 들어"간 것이다. 세희의 아버지는 대동맥판막협착증으로 "오랫동안, 수십 번 입원"을 반복해야만 했다. '나'는 무수한 입원 당시 주치의 중의 한 명이었고, 세희 아버지의 사망선고를 내렸던 의사였다. 세희의 아버지 김완수를 처음 만났을 때의 모습은, 다음처럼 생생하게 형상화된다. 이것은 앞에서도 말한 바와 같이, 작가 김강이 의사라는 사실과 무관하지 않다.

호흡 한 번을 하기 위해 열두 개의 갈비뼈를 한껏 당겨 올리고 마른 뱃가죽이 등에 붙을 때까지 몸을 젖혀야만 할 즈음, 한 걸음을 옮길 때마다 새파란 얼굴로 휘휘 손을 앞으로 내저어 무언가를 붙잡아야만 할 즈음 그를 만났다. 대동맥판막 협착증이었다.

'나'를 비롯한 의사들은 김완수가 죽음을 맞이할 순간에 "번번이" 그를 살리기는 했지만, 그저 "살리기만" 했다. 그리해서 금요일 오후 "'안녕히 가시라'는 인사와 함께 퇴원을 시키고 월요일 출근해보면 그 사이 응급실을 통해 들어와 중환자실에 입원해 있"는 일이 계속 반복된다. 의사인 '나' 조차 "오로지 하나는 했다. 그를 살려놓는 것. 살아나서 좋았을까?"라고 생각할 정도이다. 아버지를 간병하던 그 당시에도 이미 세희는 술집에 나갔지만 학생인 척했음이 밝혀진다. 수없이 아버지의 입퇴원을 반복하면서도 세희와 오빠는 한 번도 아버지나 의료진에게 싫은 소리를 하지 않았다. 현재 오빠는 일본으로 떠났고, 아버지 병원비를 비롯한 빚은 모두 세희에게 남겨진 상태이다.

결국 김완수가 인공호흡기를 달고 생의 마지막을 향해 갈 때, 세희도 폭발하고 만다. 그날은 '나' 역시 결코 컨디션이 좋지 않은 때였다. 다음의 인용에는 의사가 느끼는 일상의 괴로움이랄까 비애가 그야말로 생생하게 약동하고 있다.

하필이면 그날이었다. 몇 가지 이유, 보호자의 폭언과 담당교수의 비난, 과로, 스스로에 대한 자괴감과 그로 인한 자신감의 상실 등을 핑계로 같이 일하던 동기 레지던트가 병원을 나가 버린 지 3일째 되던 날이었다. 다른 레지던트들이 도와주기는 했지만 도와주는 것은 정말로 도와주는 것에 불과하다. 책임을 지는 것은 아니니까. 응급실 당직부터 입원환자 관리까지. 거의 48시간을 자지 못한 날이었다. 내일은 좀 들어오지? 부탁의 메시지를 동기 녀석에게 남기고 잠깐, 아주 잠깐 눈을 붙였는데, 전화가 울렸다. 중환자실이었다.

아버지 김완수가 인공호흡기를 단 지 한 달이 지났던 그날, 술에 취한 세희는 "인공호흡기 뽑아달라고, 환자가 그저 죽게, 그냥 가만히 좀 두라고 소리 지르고 난리"를 친 것이다. 세희는 "고치지도 못할 거면서 살리기는 왜 살리는데. 저게 살아 있는 거야?"라거나 "착한 척, 친절한 척하면서. 저게 뭐냐고, 저게 사람이냐고. 우리 아빠 어디에 갖다 놓고, 저런 살덩어리를 두고 우리 아빠 이름을 붙여놓았냐고."라고 누구나 공감할 법한 말들을 주절댄다. 이 때는 이미 병원비가 꽤 밀린 상태였으며, 결국 세희는 주치의인 '나'에게 직접적으로 다음과 같은 요구까지 하는 단계로 나아간다.

오빠는 가만있어. 내가 이야기할 테니까. 선생님, 방금 소리

지르고 그런 것은 죄송해요. 죄송한데, 우리 아빠 몸에 붙어 있는 기계랑 링겔이랑 다 떼어내 주세요. 이건 부탁이 아니고 요구예요. 우리는 더 이상 치료를 감당할 형편도 안 되고. 뿐만 아니라, 완전히 고치지도 못하면서 겨우 겨우 버티게 만들어놓고 돈이나 빼먹는 병원에 우리 아빠 맡기기 싫어요. 우리 문제는 우리가 알아서 할 테니까. 일단 퇴원시켜줘요.

'나'는 참지 못하고 "그렇게 이야기 하면 안 되지. 내가 얼마나 열심히 아버지를 보살폈는지 알면서 나한테 그렇게 이야기 하면 안 되지. 내가 뭘 잘못했는데. 올 때마다 간당간당하는 사람을 몇 년이라도 더 얼굴을 볼 수 있게 해줬으면 고맙다고 해야지. 어디서."라고 반말로 강하게 몰아붙인다. 세희는 4시간이나 '나'에게 아버지의 퇴원을 요구했고, '나'는 서약서를 쓰는 조건으로 아버지를 퇴원시켜주기로 결정한다.

결국 '나'는 매뉴얼에도 없는 문장까지 서약서에 쓰도록 강제한다. 그것은 "나는 현재의 치료가 중단 될 경우, 환자, 즉 나의 아버지인 김완수가 사망할 수 있다는 것을 알면서도 이렇게 판단하며, 이 판단에 후회하지 않는다."라는 문장이다. '나'는 매뉴얼에도 없는 이 문장을 불러주며 세희 남매가 "종이를 찢어버리고 서로를 부둥켜안으며 주저앉는 것으로 오늘의 일이 마무리"되거나, 그렇지 않다면 마지막 문장이 "결코 잊히지 않는 한마디가 되어 그들의 삶을 괴롭혀야 한다 생각"했던 것이다. 그런데 '나'의 의도는 반은 이루어지고, 반은 이루어지지 않는다. 세희는 종이를 찢어버리지는 않았지만, 대신 지금까지도 죄책감에 시달리며 살아왔기 때문이다.

　지금 얄궂은 인연으로 '나'와 다시 만나 동태탕을 먹는 세희는, '나'에게 정말 물어보고 싶은 것이 있다면서 "내가 우리 아빠 죽인 것 아니죠? 그렇죠?"라고 묻는다. 그러자 '나'는 천사 같은 태도로 "그래. 원래 그렇게 하는 거야. 세희가 죽인 것 아니야. 넌 착한 딸이었어."라며, 꼬박꼬박 존댓말을 하는 세희와는 달리 '따뜻한' 반말로 응대한다. 그러자 "빨간 실핏줄이 가득한 눈"으로 한참 동안 나를 바라보던 세희는 "착하다는 말 내게 하지 마."라고 처음이자 마지막으로 단호한 반말로 대답한다. 마지막에 '내'가 세희에게 건넨 말은, 세희를 온전한 주체 이전의 존재로 묶어두려는 말이자 세희가 아닌 자신의 죄책감을 덜어내는 말에 지나지 않았던 것이다. 이에 맞서 세희는 마지막 순간에 비로소 당당하게 자신이 당당한 주체임을 선언한 것이라 할 수 있다. 이

것은 술에 취한 '나'의 옆에 머물러 주었던 세희에게, '내'가
"착하네"라고 말하자, 세희가 "착하다는 말 제게 하지 마세
요."라고 깍듯한 존댓말로 응대한 처음의 장면과는 크게 대
비된다고 할 수 있다.

5. 감동이 있는 문학을 위하여

   문학(소설)은 "한마디로 말하자면 영구혁명 안에 있는 사
회의 주체성(주관성)이다."라고 일갈한 이는 바로 사르트르
였다. 이러한 사르트르의 언명은 근대의 가장 유력한 소설
관에 해당한다고 할 수 있다. 소설은 한 시대의 가장 핵심
적인 윤리적이며 지적인 난제를 온몸으로 짊어지는 수난자
가 됨으로써, 오히려 사회의 영향력과 존재의의를 확보할
수 있었던 것이다. 이러한 근대 소설의 모습에 가장 부합하
는 사례로, 20세기 한국문학에 견줄 수 있는 것은 존재하지
않는다. 우리는 작가나 시인을 단순히 문인이라 부르기 전
에 '문사(文士, 글쓰는 선비)'라 부르는 데 익숙한 전통을 가지
고 있는 나라였던 것이다. 식민과 분단, 이어지는 전쟁과 독
재의 숨 가쁜 시대적 흐름 속에서, 별다른 지적 토대가 갖춰

지지 않은 한국 사회에서 작가에게는 그 모든 시대적 과제를 해결해야만 하는 고통스럽지만 그에 비례하여 영광스러운 과제가 주어졌던 것이다.

김강은 사르트르가 말한 '영구혁명의 담당 기관으로서의 소설가'이자 시대의 스승을 자처하는 '문사로서의 소설가'라는 문학사적 전통 위에 서 있다. 그의 소설은 늘 공동체의 올바른 존재 양태에 대한 탐색과 그것을 가로막는 힘에 대한 비판정신으로 가득하다. 그리하여 그가 노벨을 벗어나 SF나 알레고리로 훌쩍 뛰어넘는 순간에도 역시나 그의 관심은 이 시대와 공동체를 결단코 벗어나지 않는다. 실로 소설의 본령에 해당하는 이러한 영역은 한동안 한국소설계에서는 상당히 결여되어 있었던 부분이다. 김강은 맹렬한 기세로 이 결여의 영역을 채우며 한국문단의 중심으로 육박해 들어오고 있다. 그렇기에 김강은 무척이나 귀한 작가이며, 그의 작품에 감동이라는 요소까지 예술적으로 녹아든다면 그는 희망의 깃발이 되어 한국문단의 창공에서 오래도록 펄럭일 것이라 믿는다.

곧, 그 밤이 또 온다

칠흑 같은 혹은 그저 어두운 밤이었다고. 아니다. 너는 밤에 대해 조금 더 말을 하려 한다. 그날 밤에 대해 설명하려면 조금 길어지겠지만, 이 또한 사족이라 지우라 하겠지만, 그럼에도 네가 이야기하려는 이유는 밤이 다 같은 밤이 아니기 때문이다.

그러니까 그 밤은 특별했다는 것, 잣나무 꽃가루와 소나무 꽃가루가 무리지어 몰려다니는 그와 같은 밤이 돌아올 때마다 여전히 방 안을 서성인다는 것을 너는 말하고 싶은 것이다. 심장이 두근거리고 숨을 내쉴 때마다 가슴팍 어딘가에서 휘파람 소리가 나는 그런 밤을 겪어보지 않았다면 밤에 대해 입을 열지 말라 말하고 싶은 것이다. 그와 같은 밤이 돌아올 때마다 월지로 향하는 너를 말하고 싶은 것이다,

대략 표현하자면 그날의 밤은 이랬다. 구름에 가려진 보름달이 뜬 밤.

너와 그는 월지에 있었다.

- 아홉 시 이십 분. 열 시가 되면 문을 닫습니다. 그때까지는 나오셔야 합니다.

그와 너는 고개를 끄덕이며 월지의 정문을 통해 안으로 들어갔다. 둘은 손을 잡기도 했고 서로의 허리를 감싸 안으며 걷기도 했다. 가끔 두 발이 엉켜 발걸음을 멈췄다. 어깨에 올린 팔이 저려와 슬며시 내리기도 했지만 누가 봐도 그럭저럭한 연인이었다. 어쩌면 아주 뜨거운 연인일 수도 있었다. 그의 엉덩이를 스친 너의 손바닥과 너의 볼에 붙어버린 그의 볼이 우연이라 할 수는 없으니.

-구름이 달을 벗어났어.

그가 맞잡은 손을 풀어 달을 가리키며 말했다. 너는 그의 손을 따라 달을 보았다.

-그러네, 저 달 근처 목성이 있을 텐데. 달이 밝아서 그런

가? 보이질 않네.

-목성은 왜?

-오늘 목성의 달, 유로파에서 물을 발견했다네.

너는 우연히 보았던 기사를 떠올렸다. 갈릴레오 탐사선이 목성의 위성 유로파에서 물을 발견했다는 기사. 너는 지구에서 목성까지의 거리와 오늘 밤 하늘 어디서 목성을 볼 수 있을지, 그리고 지구에 있는 물의 양을 검색해 읽어보았었다.

물을 찾아서 거기까지 갔대. 지구에 무려 십삼억 삼천만 세제곱 킬로미터의 물이 있는데 말이야.

-그런 것까지 알고 있었어? 그냥 막 던진 숫자지?

-아니. 사실이야. 오늘 오전에 잠깐 찾아봤었어. 지구에 그렇게 많은 물이 있는데 구억 육천오백육십만 킬로미터나 떨어진 곳까지 물을 찾으러 가다니, 재밌네, 하고 생각했어.

-오빠도 주위의 많은 여자들을 두고 나를 만나러 왔잖아. 사백 킬로미터나 떨어진 곳까지.

너와 그는 1호 누각이라 쓰인 표지석을 지나쳐 누각 안으로 들어갔다. 누각 곳곳에 조명등이 있었지만 짙고 검은 월지의 수면을 방해하지는 못했다. 서너 개씩 무리지어 올라

있는 연잎들마저 검은, 흑백사진 같은 월지를 너희 둘은 가만히 보았다. 구름이 달을 벗어날 때마다 월지에 달빛이 비쳤다.

-두 가지 색만 남은 스테인드글라스 같아. 오래되어 색이 바랜. 그런데 그런 게 있나?

그가 난간을 잡고 있는 너의 손등에 손을 얹으며 말했다.

-그러게. 그러면 천삼백 년 전에는 칼라풀 했을까? 월지에 비친 달빛이.

-그랬을 수도 있겠다. 배를 띄우고 잔치를 했다지. 여러 색의 빛들이 연못위에 비춰졌을 수도 있겠어. 그런데 오빠, 여기 유물들, 전시되어 있는 것들 말이야. 저기 적혀 있는 것들 모두 사실일까? 이곳 월지 말고도 다른 곳의 땅에서 나온 유물들의 사연들, 모두 진실일까?

-당연 그렇겠지. 그런 것 확인하려고 전문가가 있는 것 아니겠어. 고증을 잘 해야지. 잘해서 입증된 것만 이야기해야 하는 것 아니겠어. 그건 그렇고, 시간이 많지 않으니까 빨리 움직이자. 저기, 저 안 쪽이 좋겠어. 가자.

너는 그를 재촉해 월지를 돌아 누각 반대쪽으로 향했다. 너는 시계를 보며 얼마 남지 않은 시간을 확인했다. 오래 걸리지 않을 거야, 금방이면 돼, 너는 그에게 말했고 뭔데 그래, 그는 물었다. 너는 그의 손을 잡고 묵묵히 그리고 빠르게 걸었다. 누각의 반대편에 다다라 너는 주위를 살폈고 그는 너를 살폈다.

－뭐 하려는 거야? 이렇게 으슥한 곳에 끌고 와서는. 오빠, 이상해.

너는 대답 없이 등에 맨 쌕을 내려 지퍼를 열었다. 쌕 안에서 신문지로 감싼 무언가를 꺼냈다. 마침 구름이 달을 벗어났고 네가 꺼낸 무언가는 달빛을 받아 반짝였다.

－그게 뭐야? 뭔데?

그가 너의 곁으로 와 붙으며 물었다. 너는 그의 손바닥에 그것을 올려놓았다.

－이게….

－스테인리스에 각인을 한 거야. 너와 나, 우리의 만남, 사랑, 그런 이야기. 월지에 던져 넣으려고. 나중에, 미래에 누군가 보게.

언젠가, 아주 나중에, 몇백 년이 지난 후 월지의 바닥을 준설하거나 다시 발굴하는 날이 올 것이고, 그때 이 스테인리스 조각이 발견되면 우리 이야기를 알게 되지 않겠냐고,

우리 사랑이 우리 시대의 사랑이 되는 거라고, 그렇게 우리는 영원히 사랑하는 것, 누구에게 보여도 부끄럽지 않은 것. 너는 흑과 백의 사진 속 유일한 붉은 얼굴로 그에게 말했고 그의 얼굴도 붉게 달아올랐다. 둘은 작은 목소리로 그러나 분명하게 하나, 둘, 셋을 헤아렸고 스테인리스 조각을 월지로 던져 넣었다.

퐁! 연 옆에 앉아 있던 개구리가 물속으로 뛰어들었다.

여섯 번의 여름과 다섯 번의 겨울이 지났다. 언젠가 꽃은 지는 법. 목성 주위를 돌던 갈릴레오 탐사선이 목성 궤도를 이탈하며 임무를 마친 그 해, 너와 그의 사랑도 끝났다. 여섯 번의 여름과 다섯 번의 겨울이 각인된 스테인리스 조각만이 월지의 어느 바닥에 남았다.

그것이 문제다. 밤의 어둠속에서 더욱 반짝일 영원한 사랑의 맹서. 작은 상처를 주고받아 아픈 날도 있었지만 그것 또한 사랑이었다고, 바람 부는 세상 서로 기대며 살았고 꽃 같은 세상 온전히 서로의 것이었다고, 마지막 날 손을 잡고 입을 맞추며 눈을 감았다고 깊이 새겨놓은 각인. 월지의 작은 보트 근처 어딘가의 스테인리스 조각.

배롱나무 헐벗은 가지들을 흔들고 동백의 꽃을 툭툭 떨어뜨리며 오는 밤. 지키지 못한 것들에 대한 후회, 거짓과 진실이 뒤바뀐 미래에 대한 두려움으로 가득한 밤. 그와 같은 밤이 오고 있다. 너는 검은 잠수복을 챙겨 나선다. 월지 속으로 걸어 들어간다. 고개를 집어넣고 손을 휘저어 무언가를 찾는다.

너는 문득 묻는다. 우리가 건져내야 할 것이 지난 사랑의 각인뿐인가?

*

세 번째 소설집을 출간해주신 도서출판 작가의 대표님과 더운 여름 책을 만드느라 땀을 흘리신 편집장을 비롯한 작가의 구성원들께 감사의 말씀을 전합니다.

2024년 7월
김강